紙上劇場

【飛馬人】

to BonBon

書名：飛馬人
作者：曾筱光
出版者：曾筱光
電子信箱：muagitseng@gmail.com
定價：三百八十元
發行人：曾筱光
發行日期：二〇一八年十二月　初版第一次印行
ISBN：9789574353262
白象文化事業有限公司代理經銷

【飛馬人】

國家圖書館出版品預行編目(CIP)資料

飛馬人：　/ 曾筱光作 -- 初版
.-- 新北市 : 曾筱光 , 2018.12
面 ; 公分　(精裝)
ISBN 978-957-43-5326-2

854.6　107001625

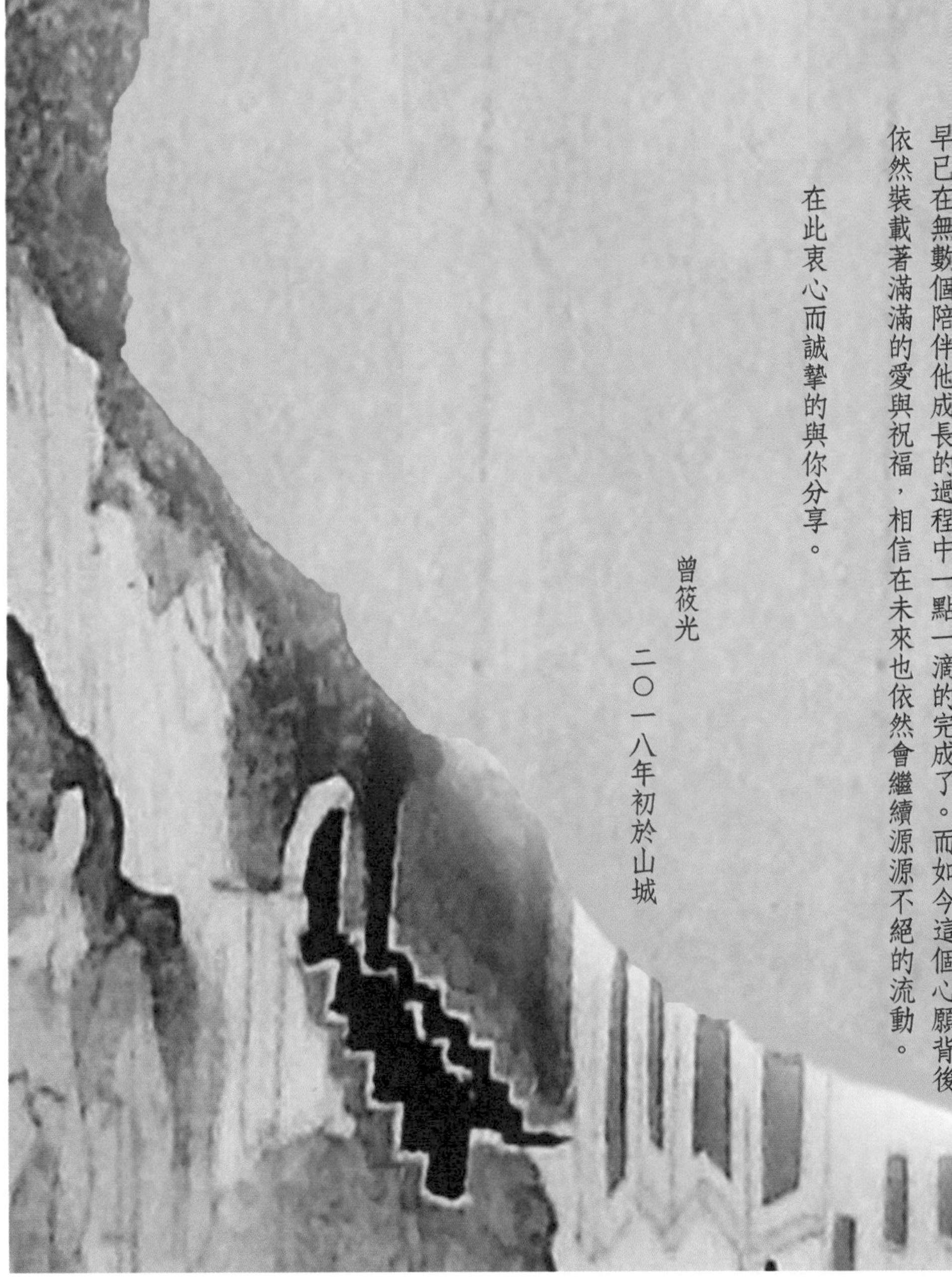

關於

【飛馬人】

身為一個母親與劇場工作者，想要為孩子講述一則關於生命的原創童話，是誘發這個劇本的主要原因。靈感來自「飛行荷蘭人」的漂泊概念，試圖藉由化身為旅人的兩個男孩在成長過程中關於自我價值的認同，愛情的追尋，挫折的克服，理想的堅持與蛻變的喜悅等等議題，化為一篇一篇的童話詩，匯集成一齣帶有寓言意味的音樂劇。

劇本撰寫之初，孩子還是個幼稚園中班的兒童，扮演小男孩的最佳人選。書中的山獸神叟吉，雙雙，裕溫也是出自他的手筆。母子倆能夠一起在劇場裡工作，是當時的夢想。然而直到此刻整理出版，小男孩已經長成一個十六歲的高中生啦。

回顧這飛逝而過的十幾年歲月，想要跟孩子一起在劇場裡創作的心願，早已在無數個陪伴他成長的過程中一點一滴的完成了。而如今這個心願背後依然裝載著滿滿的愛與祝福，相信在未來也依然會繼續源源不絕的流動。

在此衷心而誠摯的與你分享。

曾筱光

二〇一八年初於山城

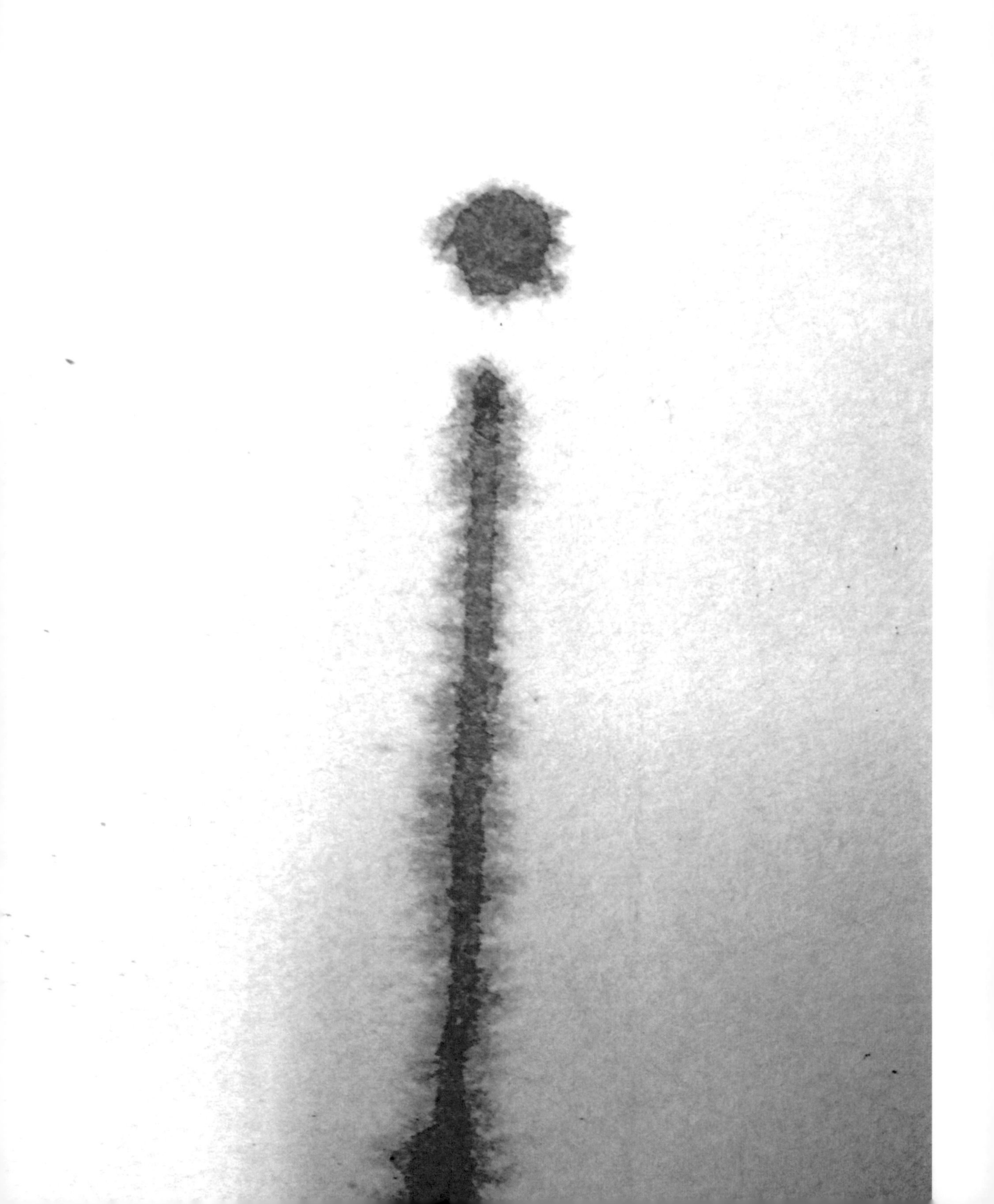

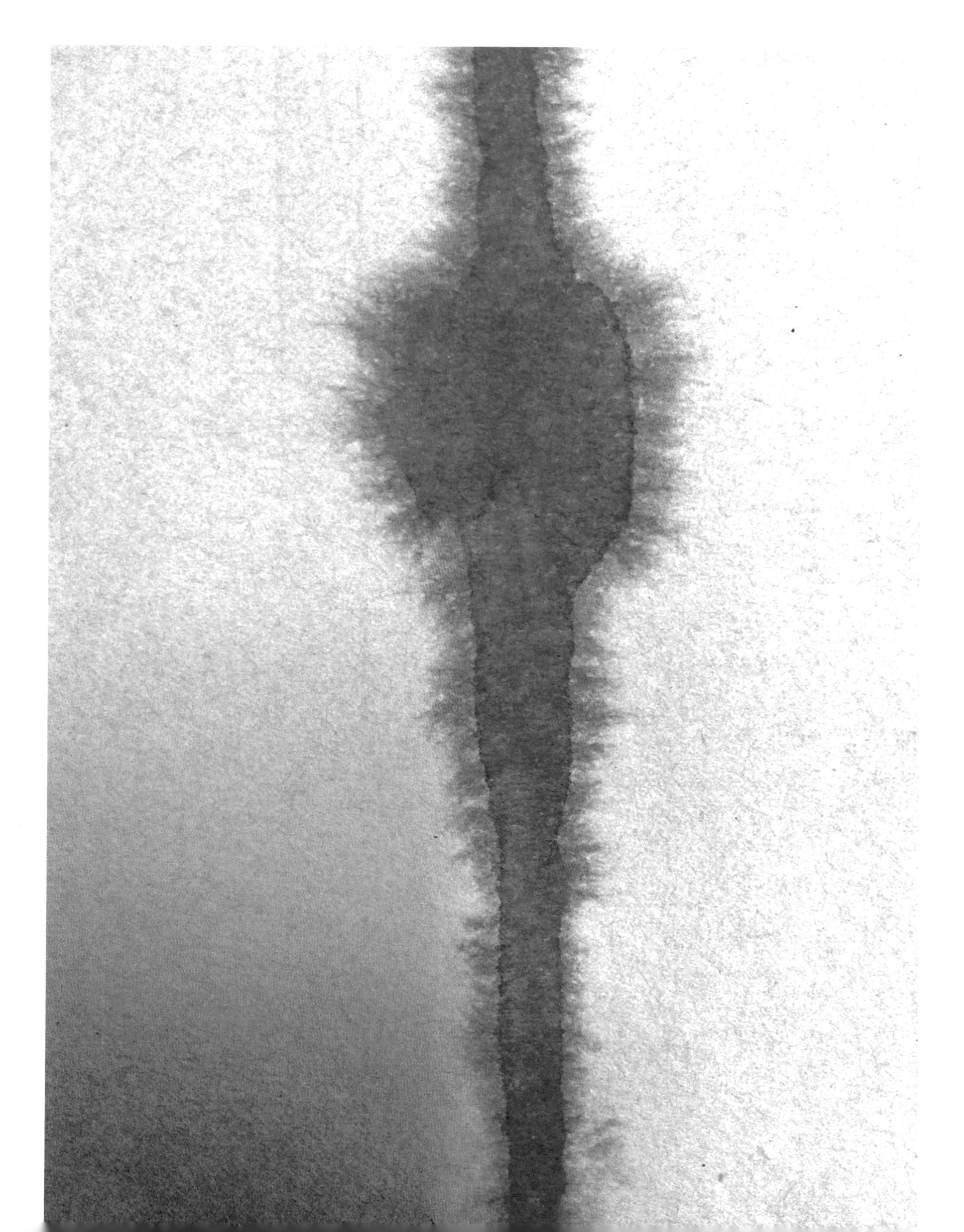

第一章
【漂浮的島嶼】

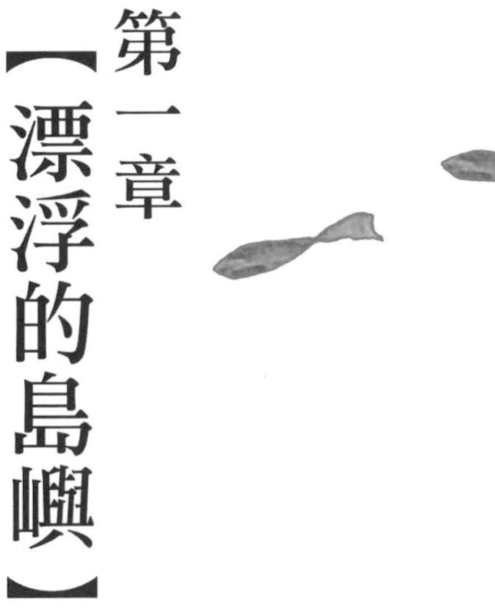

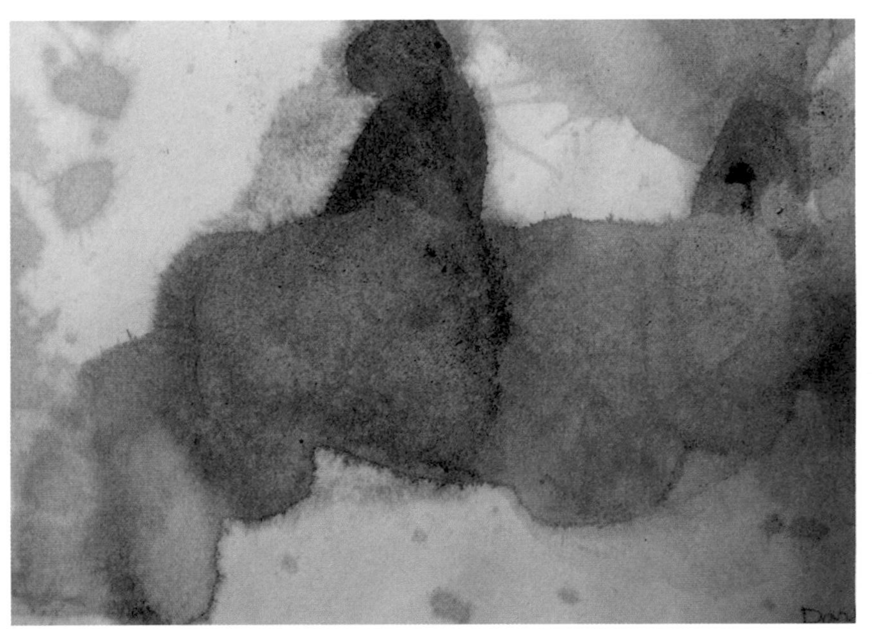

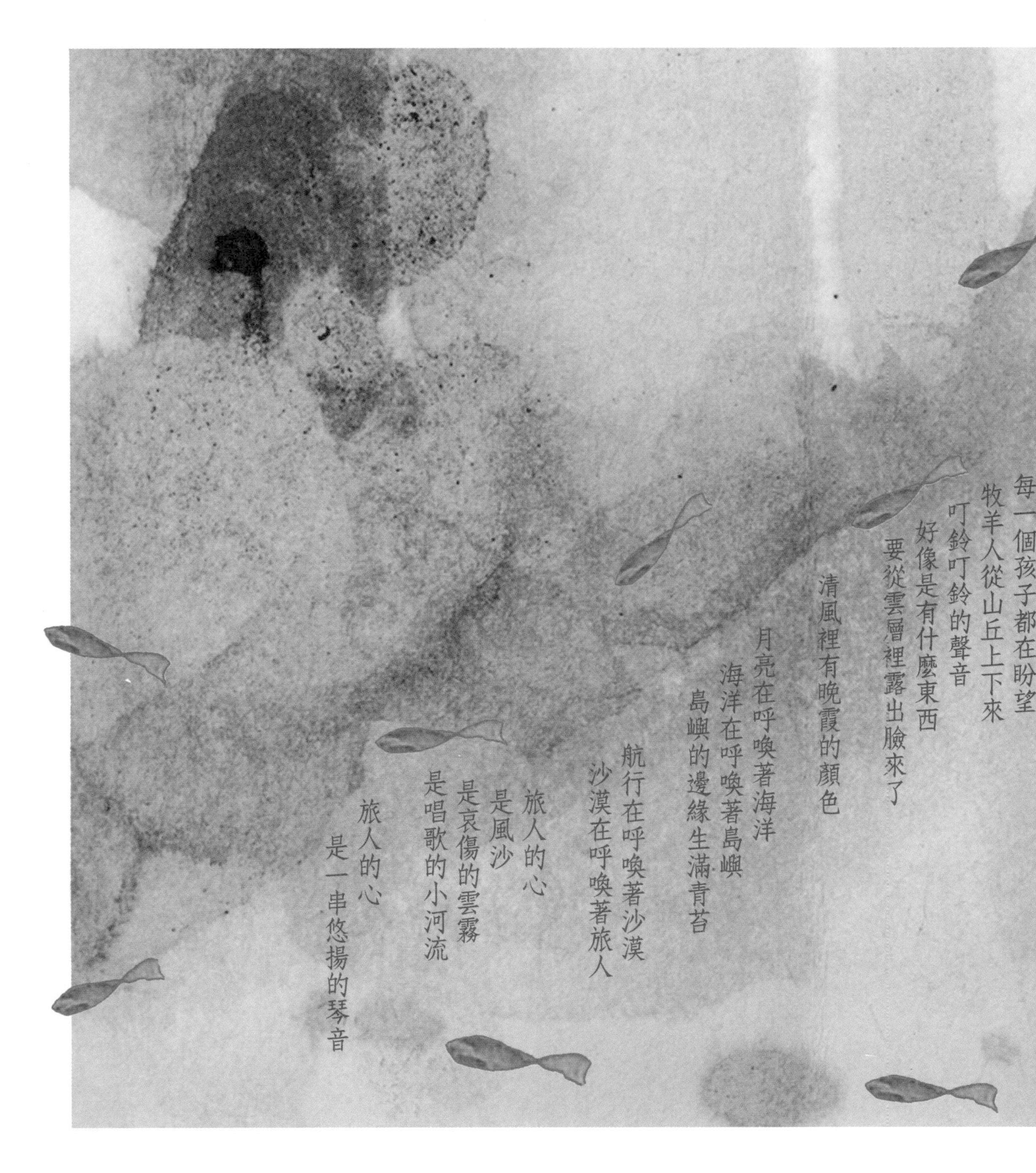

穿著厚重的袍子，他是個歷經滄桑的旅人。走過沙漠，海洋和島嶼的邊緣。
他的背上，揹著叮叮咚咚的各色容器：有玻璃瓶，木製的香料盒子和小小的錫罐子。
一面慢慢走著，一面喃喃的哼唱著如咒語般的歌曲。

說書人：
精靈蔓延到樹梢
打開窗戶吧
清風裡是綠色的垂楊

太陽下山的時候
每一個孩子都在盼望
牧羊人從山丘上下來
叮鈴叮鈴的聲音
好像是有什麼東西
要從雲層裡露出臉來了

清風裡有晚霞的顏色

月亮在呼喚著海洋
海洋在呼喚著島嶼
島嶼的邊緣生滿青苔

航行在呼喚著沙漠
沙漠在呼喚著旅人

旅人的心
是風沙
是哀傷的雲霧
是唱歌的小河流

旅人的心
是一串悠揚的琴音

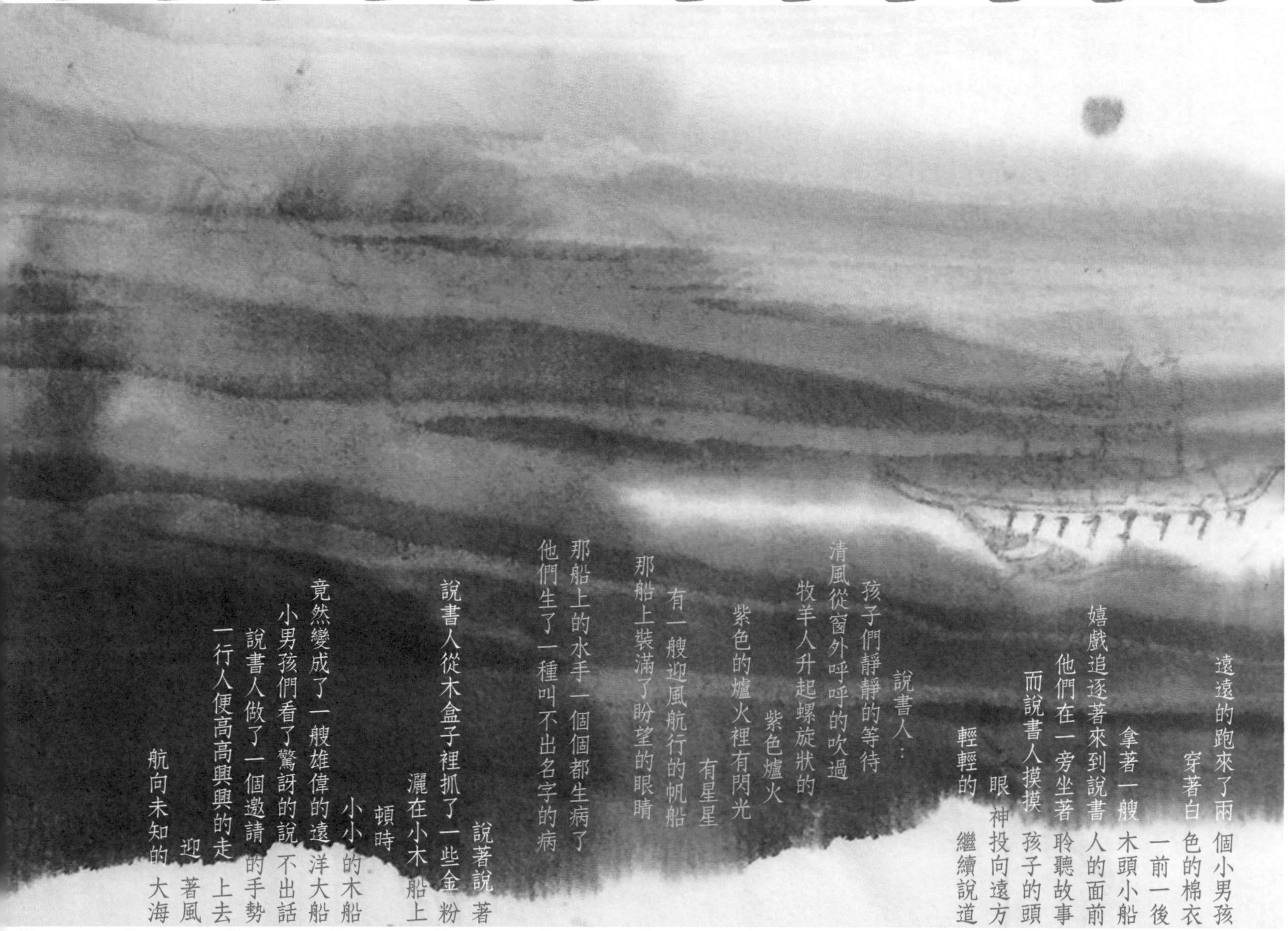

遠遠的跑來了兩個小男孩
穿著白色的棉衣
一前一後
拿著一艘木頭小船
嬉戲追逐著來到說書人的面前
他們在一旁坐著聆聽故事
而說書人摸摸孩子的頭
眼神投向遠方
輕輕的繼續說道

說書人：
孩子們靜靜的等待
清風從窗外呼呼的吹過
牧羊人升起螺旋狀的
紫色爐火
紫色的爐火裡有閃光
有星星
有一艘迎風航行的帆船
那船上裝滿了盼望的眼睛
那船上的水手一個個都生病了
他們生了一種叫不出名字的病

說著說著
說書人從木盒子裡抓了一些金粉
灑在小木船上
頓時
小小的木船
竟然變成了一艘雄偉的遠洋大船
小男孩們看了驚訝的說不出話
說書人做了一個邀請的手勢
一行人便高高興興的走上去
迎著風
航向未知的大海

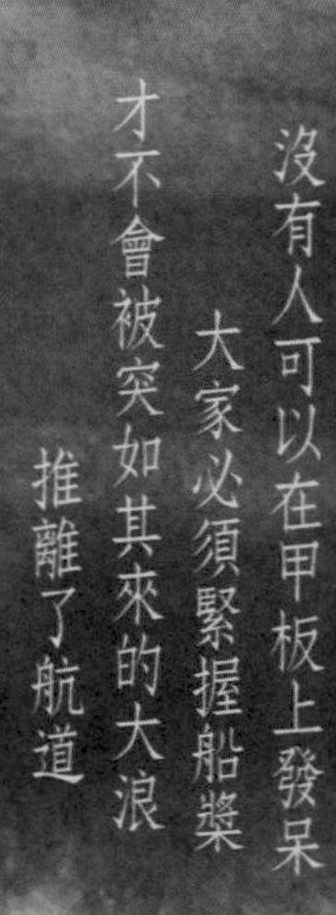

說書人：

海洋帶來了自由廣闊
也帶來了思鄉的水氣
在晴朗無雲的天氣裡
水手們躺在甲板上
仰望著青藍青藍的天空
可以從黎明一直到夜幕低垂

深夜的時候
水手們仰望星星
像鑽石一般閃閃發亮的星星
鑲在黑絲絨做的天幕上

可是當風來臨時
海面上捲起了一陣一陣鹹鹹的水氣
水氣沿著烏雲的指引盤旋而上
變成鹹鹹的雨水落下來
甲板上的水手就被打散了

沒有人可以在甲板上發呆
大家必須緊握船槳
才不會被突如其來的大浪
推離了航道

男孩一：

前面是烏雲還是陸地？

男孩二：

風是從哪個方向吹來的？

說書人：

什麼時候可以靠岸？

男孩一：

什麼時候靠岸？

男孩二：

什麼時候靠岸？

說書人：

什麼時候才可以再回到

溫暖的懷抱？

男孩一：

前面是烏雲還是陸地？

男孩二：

風是從哪個方向吹來的？

說書人：

海風裡是什麼味道？

沒有味道，

除了海水和烏雲之外

什麼味道都沒有

男孩一：什麼時候靠岸？

男孩二：

什麼時候靠岸？

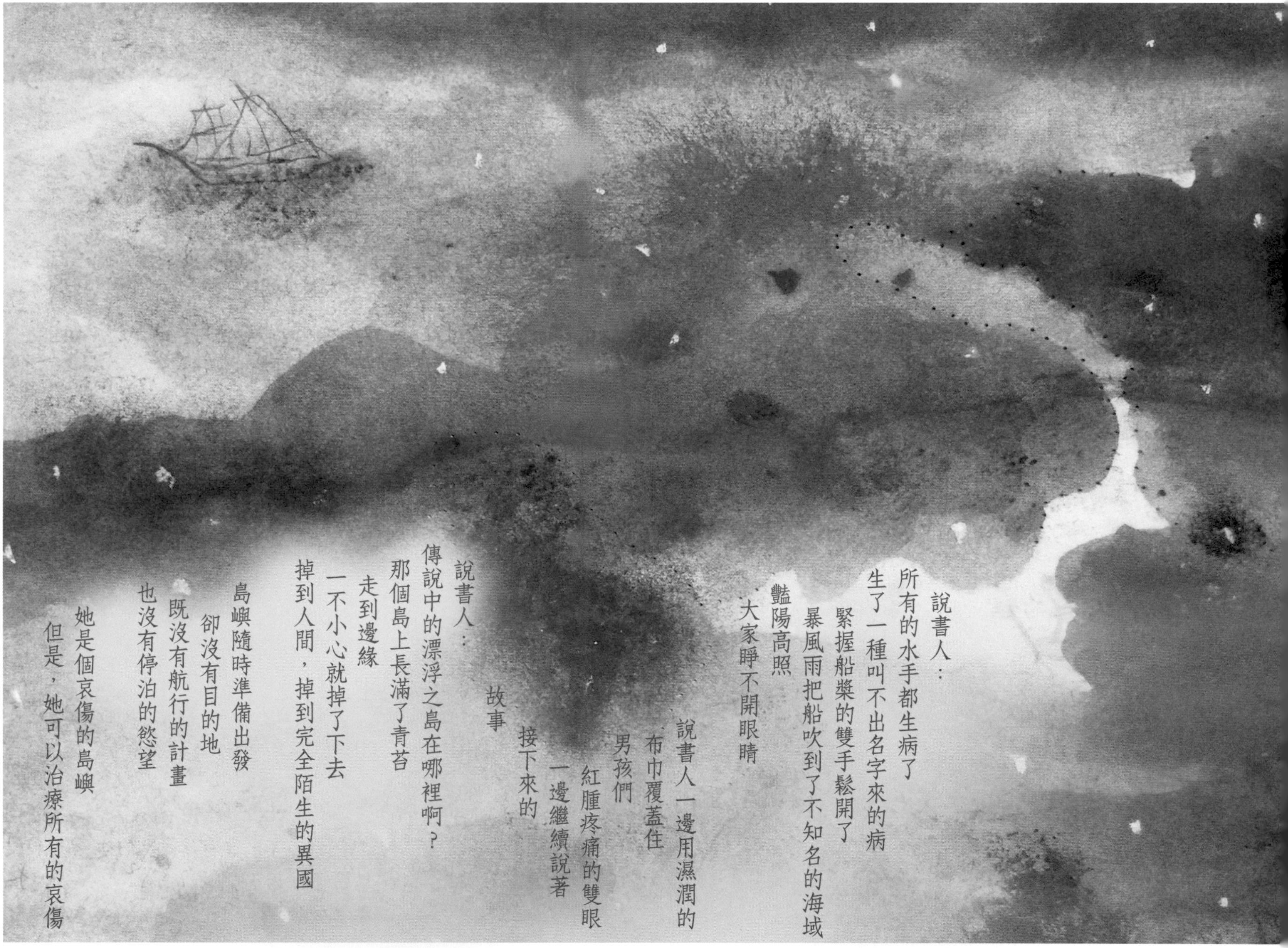

說書人：
所有的水手都生病了
生了一種叫不出名字來的病
緊握船槳的雙手鬆開了
暴風雨把船吹到了不知名的海域
豔陽高照
大家睜不開眼睛

說書人一邊用濕潤的
布巾覆蓋住
男孩們
紅腫疼痛的雙眼
一邊繼續說著
接下來的
故事

說書人：
傳說中的漂浮之島在哪裡啊？
那個島上長滿了青苔
走到邊緣
一不小心就掉了下去
掉到人間，掉到完全陌生的異國

島嶼隨時準備出發
卻沒有目的地
既沒有航行的計畫
也沒有停泊的慾望

她是個哀傷的島嶼
但是，她可以治療所有的哀傷

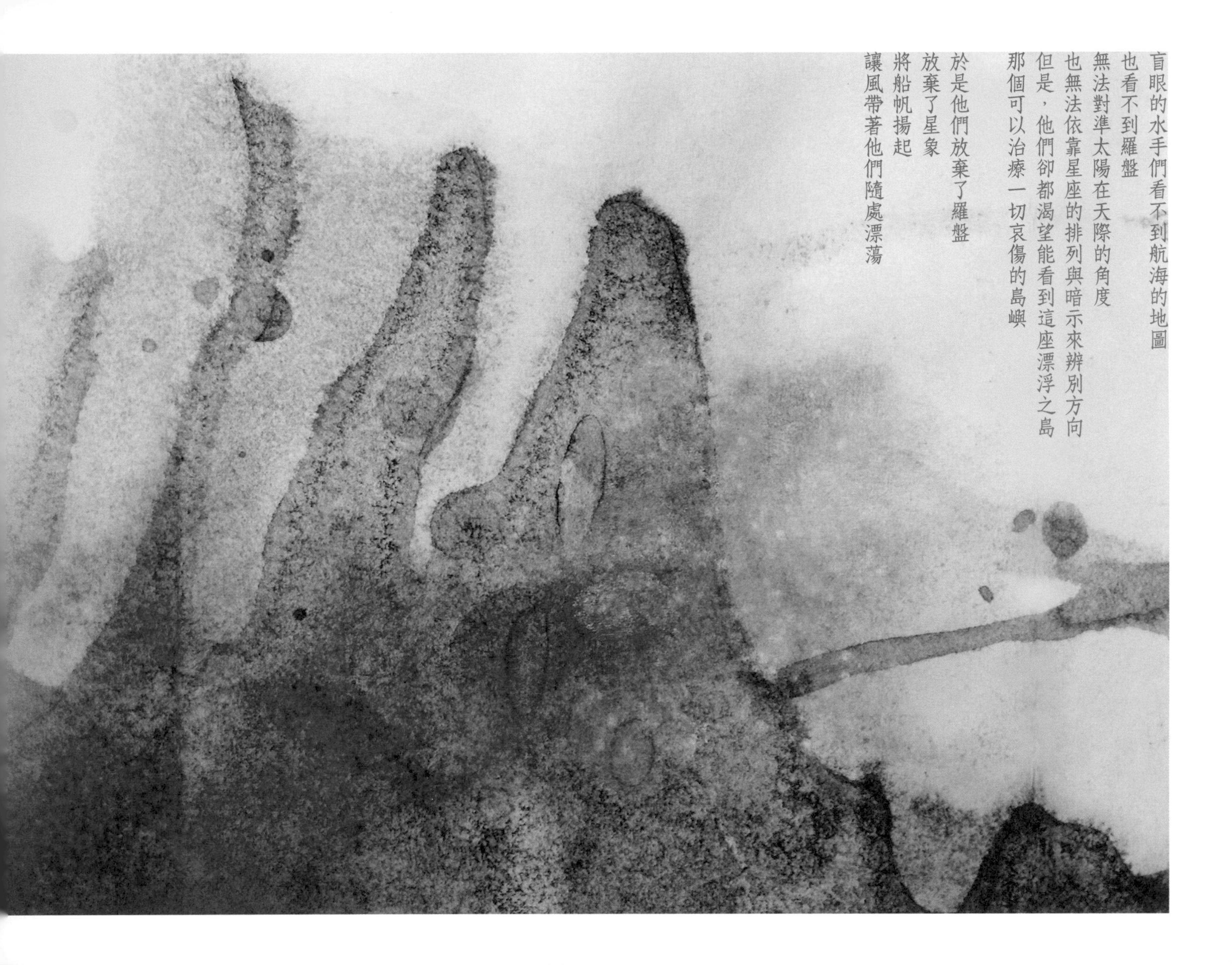

盲眼的水手們看不到航海的地圖
也看不到羅盤
無法對準太陽在天際的角度
也無法依靠星座的排列與暗示來辨別方向
但是，他們卻都渴望能看到這座漂浮之島
那個可以治療一切哀傷的島嶼

於是他們放棄了羅盤
放棄了星象
將船帆揚起
讓風帶著他們隨處漂蕩

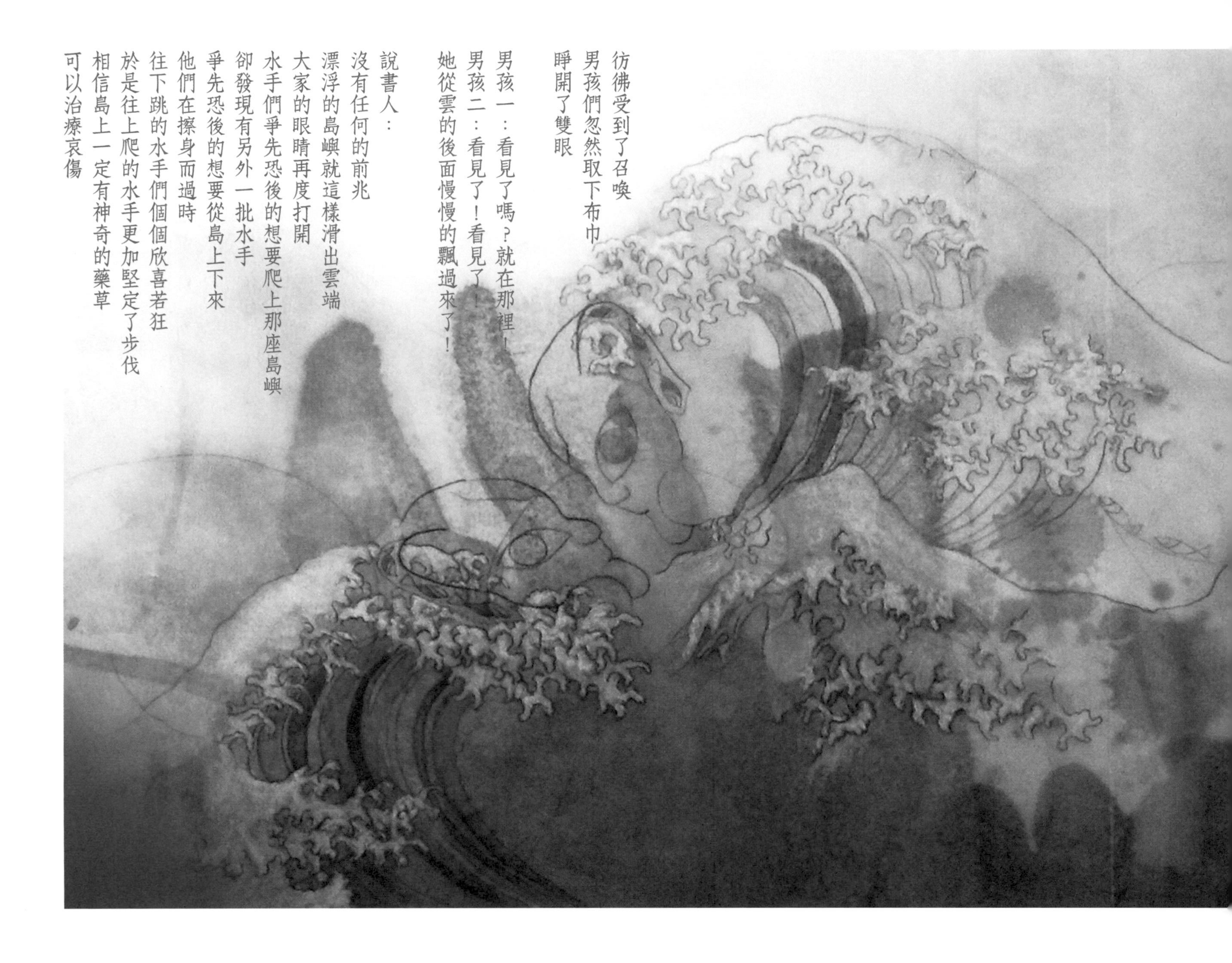

彷彿受到了召喚
男孩們忽然取下布巾
睜開了雙眼

男孩一：看見了嗎？就在那裡！
男孩二：看見了！看見了！
她從雲的後面慢慢的飄過來了！

說書人：
沒有任何的前兆
漂浮的島嶼就這樣滑出雲端
大家的眼睛再度打開
水手們爭先恐後的想要爬上那座島嶼
卻發現有另外一批水手
爭先恐後的想要從島上下來
他們在擦身而過時
往下跳的水手們個個欣喜若狂
於是往上爬的水手更加堅定了步伐
相信島上一定有神奇的藥草
可以治療哀傷

在一片混亂當中
有兩個男孩來不及爬上島嶼
被留下來的兩個人
目送著島嶼被雲層掩沒
傷心的坐在甲板上哭了起來
這時從島上下來的水手們說

水手：從來都沒有想過
有一天竟然可以再活著踏上甲板
說書人：他們的臉彷彿是復活的朝陽一樣
堆滿了喜悅的笑容

水手：不要哭
只要有船就可以回家
只要船身浸在大海裡
大海就會帶著我們靠岸
就像浪花親吻陸地一樣

男孩一：那麼我們的哀傷呢？
男孩二：是啊，那麼誰來治療哀傷呢？

水手：漂浮之島
是孤獨的島
只要經過真正的孤獨
就再也不會哀傷

男孩一：就再也不想待在島上
男孩二：就再也不願意哀傷

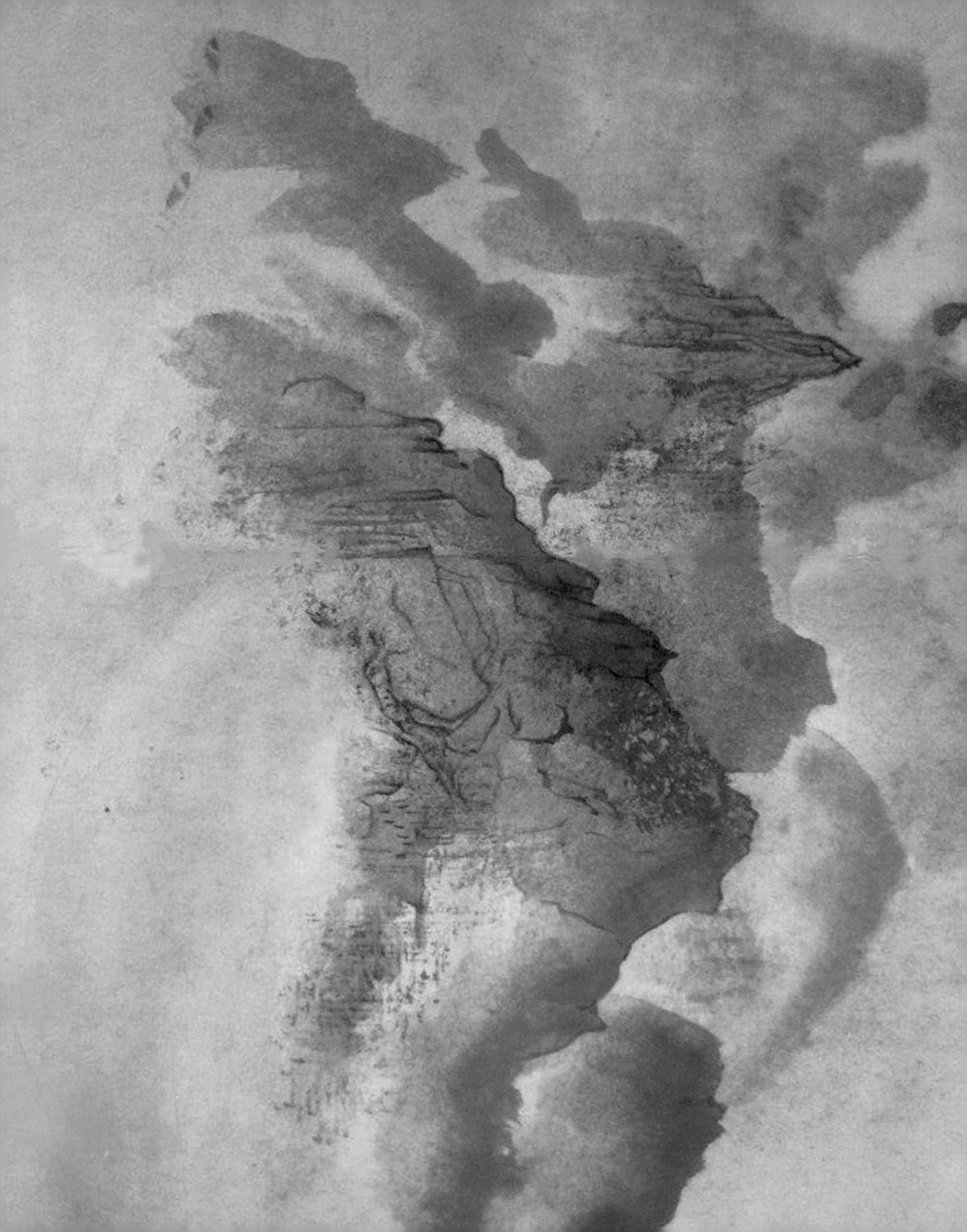

第二章

【山城】

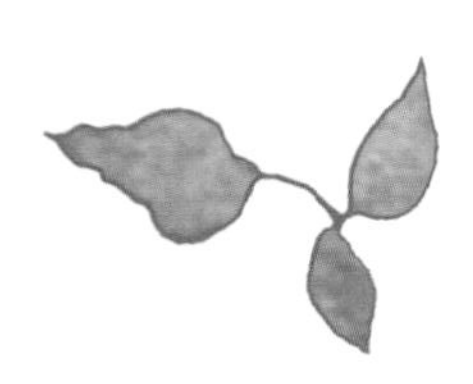

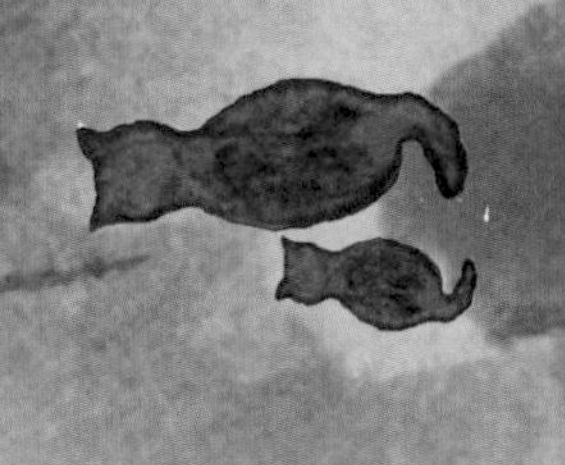

送走了漂浮的島嶼，男孩們整理心情，重新面對遼闊的大海。
水手們愉快的揚起風帆，與說書人的歌聲應和。

男孩一：
我夢到門前的蘋果樹
那是我熟悉的香味

男孩二：
我夢到一大片的麥田
那是我熟悉的香味

說書人：
那是什麼香味？
是你熟悉的氣味嗎？

男孩一：
那是蘋果樹的香味
那是我熟悉的氣味

男孩二：
那是麥田的香味
那是我熟悉的氣味

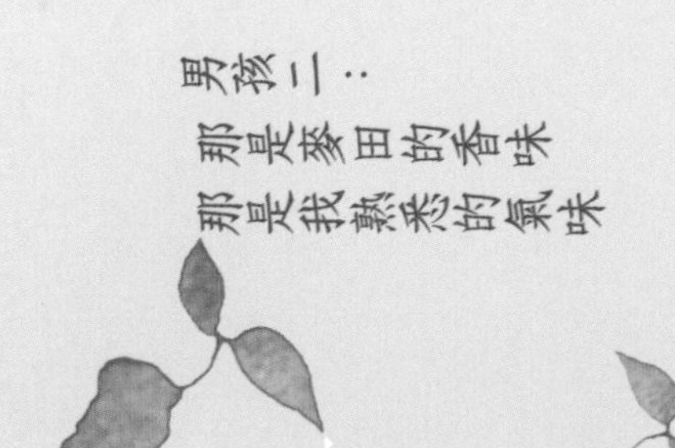

說書人：

漂浮就像是永恆
寫在我們的血液裡

蔚藍的海水輕輕歌唱
水手們沈睡在潮汐的搖籃裡
紛紛做著關於土地的夢

在我們的血液裡
雲層淡淡的掃過天際
向日葵的種子安睡在田埂上

在溫暖的地洞裡
土撥鼠啃食著翠綠的嫩芽
尚未蛻變的夏蟬做著秋天的夢
在綠色的春天裡
泥土散發著新芽的香氣

男孩們一邊聽著歌聲，一邊從說書人的瓶瓶罐罐裡倒出各種粉末：
有乾燥的香料，花瓣，花籽，還有渾圓飽滿的果實。

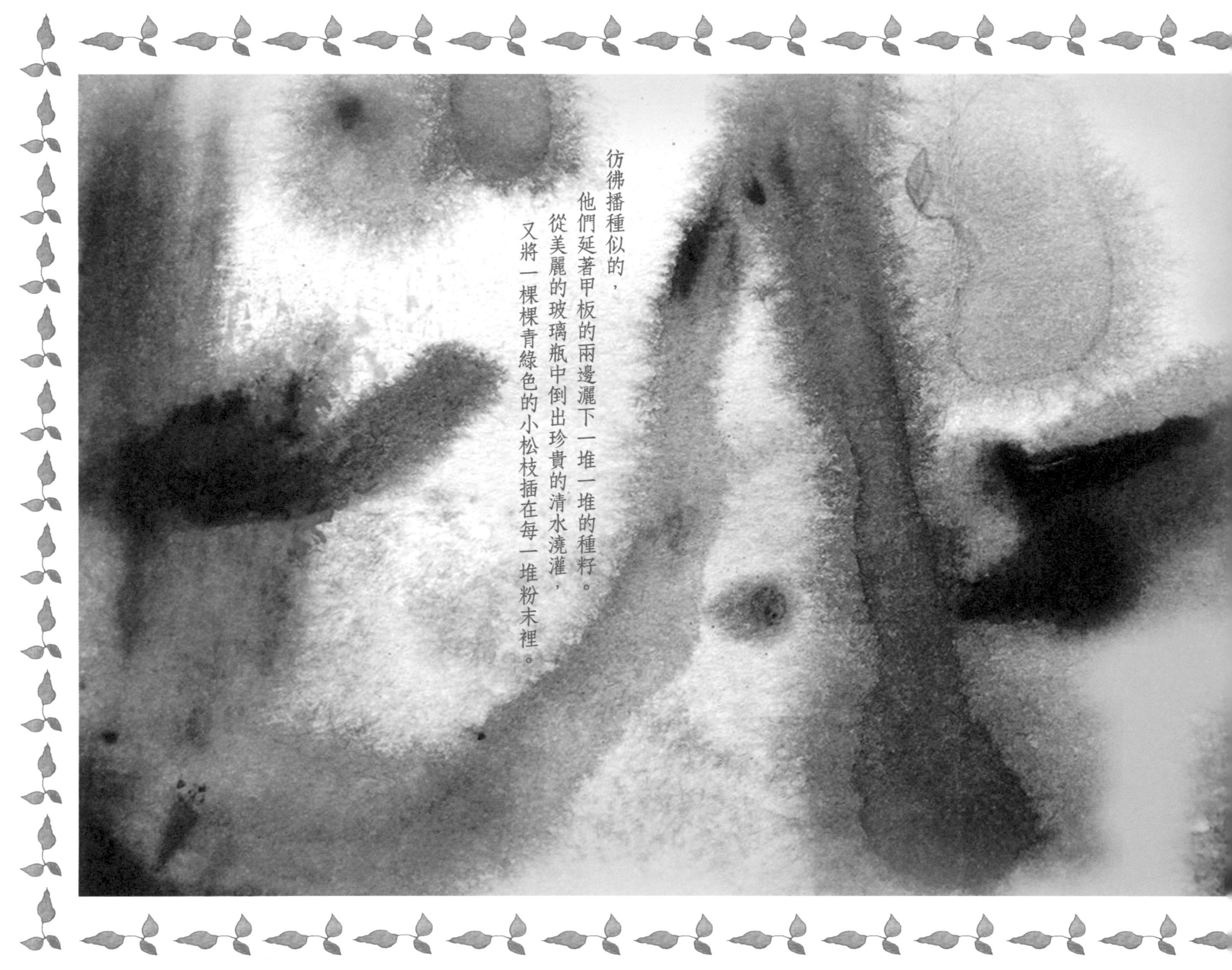
彷彿播種似的，
他們延著甲板的兩邊灑下一堆一堆的種籽。
從美麗的玻璃瓶中倒出珍貴的清水澆灌，
又將一棵棵青綠色的小松枝插在每一堆粉末裡。

說書人：
水手們紛紛做著關於土地的夢
他們在夢中耕作
將潮溼的泥土翻開
讓鬆軟的眠床呵護即將發芽的種籽
水手們從口袋裡拿出夢中的樹苗
種在甲板的隙縫中
用珍貴的淡水細心澆灌
等到枝椏像觸鬚一般伸向天空的時候
那棵夢中的松樹將會為他們指引方向

看哪，那蔥綠的枝條正指向落日
從薄暮中隱隱浮現了一座山城
山城座落在西南方，夏日太陽休息的地方
看哪，那蔥綠的枝條微微顫抖
彷彿聞到久違的泥土芳香

男孩一：我聞到了泥土的氣息，那是我熟悉的香味
男孩二：我聞到了樹木的氣息，那是我熟悉的香味

說書人：

山城上的森林激動的搖晃

他們正在迎接遠去夢中旅行的小松樹回家

他們說，那是我們的孩子

我們的孩子回家了，孩子帶了什麼回家？

男孩一：是船，曾經在星夜中航行的船

男孩二：是船，曾經在暴風雨裡航行的船

說書人：

水手們留著眼淚，雙手合十

好像在虔誠的祈禱

又好像是捧著某顆小種籽

準備讓它開心的發芽

依循著松樹的指引

他們的帆船逐漸接近山城港口

越靠近港口

男孩和水手們才越能看清山城真正的模樣

水手們：

這座山城高聳入雲端

是傳說中最靠近天堂的城市

建立在陡峭的山壁上

四周碧波蕩漾

但是從來沒有人確知

這座巨大高聳的島嶼

到底有多大

男孩一

有嗎？有平靜的港灣嗎？

男孩二：

我們的船

應該在哪裡停泊呢？

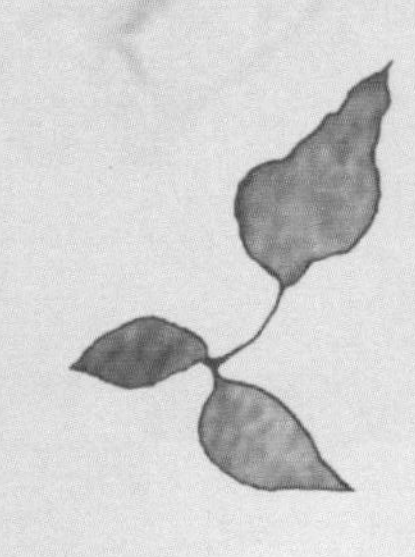

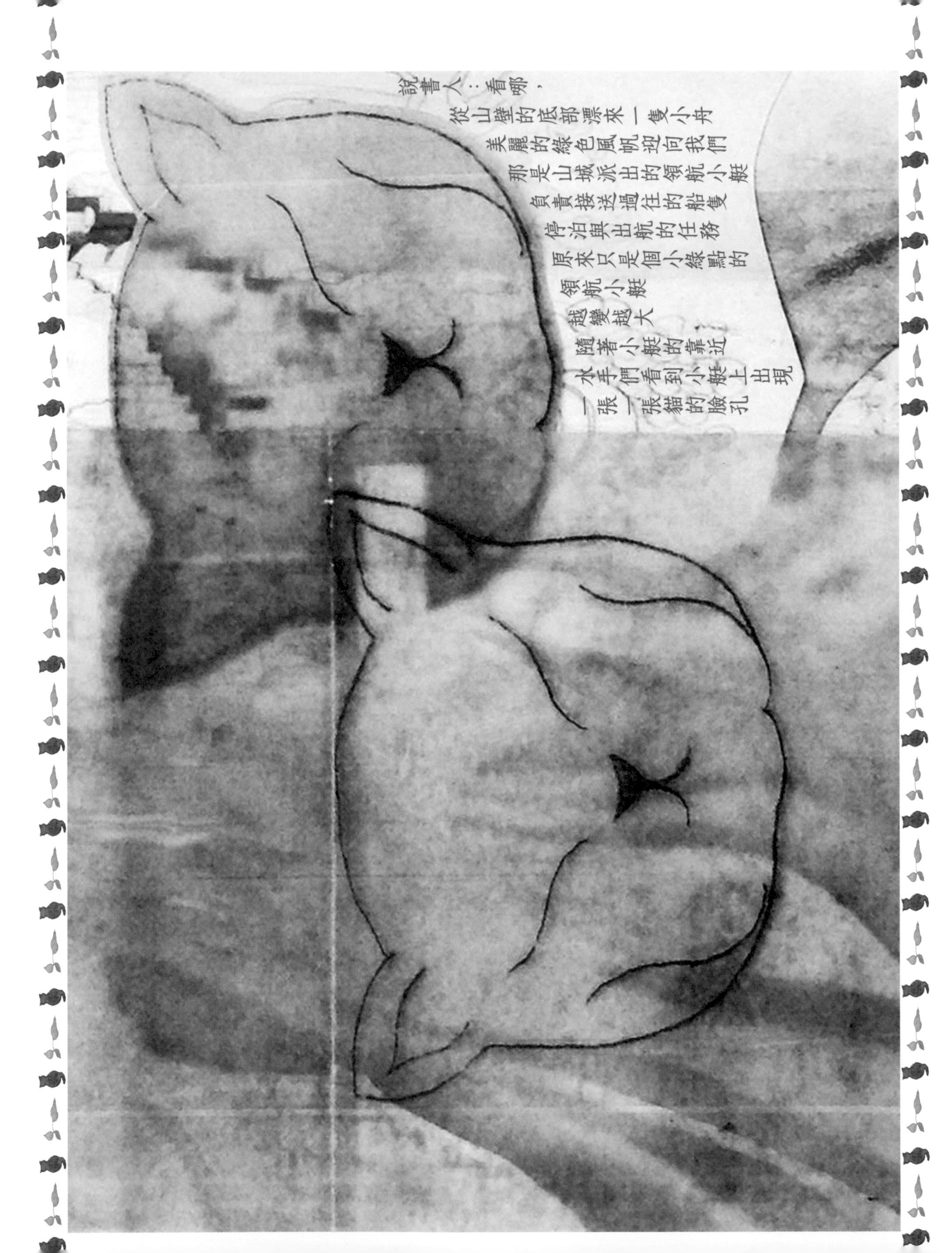

說書人：看哪，
從山壁的底部漂來一隻小舟
美麗的綠色風帆迎向我們
那是山城派出的領航小艇
負責接送過往的船隻
停泊與出航的任務
原來只是個小綠點的
領航小艇
越變越大
隨著小艇的靠近
水手們看到小艇上出現
一張一張貓的臉孔

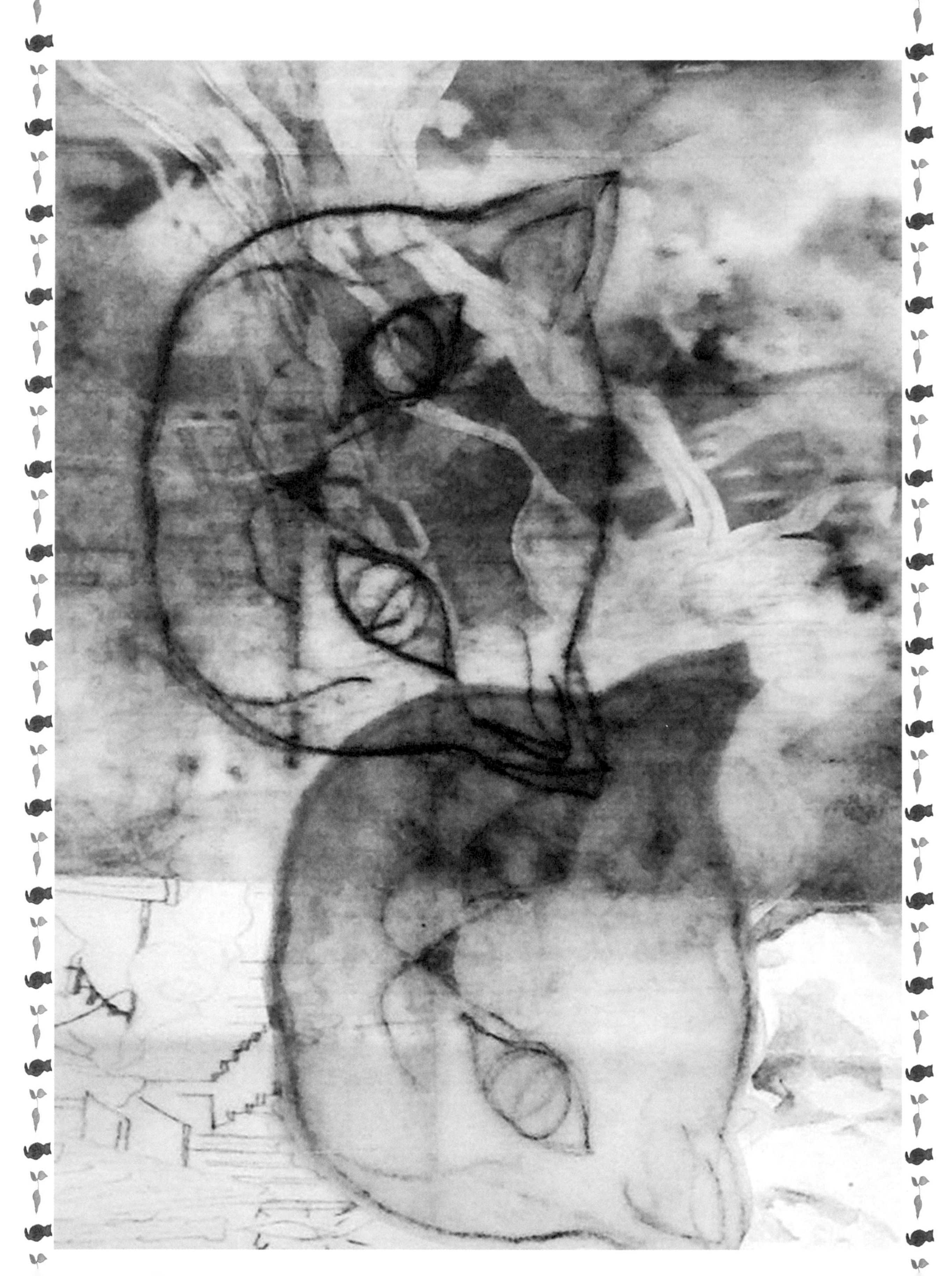

在一片清亮的啁啾鳥囀聲中，貓臉人坐著布轎子，
晃晃悠悠的來到山腳下的迎賓小館，迎接風塵僕僕的遠來之客。

水手們：
天堂中的人們
有貓的臉孔
晴天的時候
他們將瞳孔縮成一條縫
三三兩兩的傍著山坡休息
子夜時分
則是繁華的巔峰

貓臉人：
第一批山城的居民
是船難的生還者

說書人：
暴風雨將他們的船摔向山壁
幾個人隨著粉碎的船身被拋進凹陷的海蝕洞
像是被拋進母親懷抱中的哭鬧頑童
男孩一：有水嗎？那裡有水可以喝嗎？
男孩二：有水嗎？只要有清水就可以活命

貓臉人：
那裡有樹，有水，但山壁高聳，直入雲端
男孩一：有花嗎？
男孩二：有會唱歌的鳥兒嗎？

貓臉人：
我們花了三百年
才將山壁開鑿出第一個村落
五百年才完成了皇宮
而山頂的神殿
是最近兩百年才落成的
第一批水手直到現在仍然統治著山城
他們在此繁衍了三代
神殿的祭司就是第三代公主

夜晚降臨，遠處的皇宮在漸濃的暮色中，散發著美麗的光亮。
男孩們屏息凝神，看見山城公主出現在通往神殿的吊橋上。

說書人：
壽命超過三百年以上的山城居民
都擁有貓的臉孔

貓臉人：
那是釋懷的臉孔
是天堂的臉孔

說書人：
而時間的祕密全部都藏在山頂的神殿裡

男孩們：
有嗎？有水嗎？有樹嗎？有花嗎？
有會唱歌的鳥兒嗎？有飛舞的蝴蝶嗎？

說書人：
一切的祕密都藏在山頂
據說在那個禁地裡
有一眼清泉湧出
源源不絕的一直流倘到山腳下

貓臉人：
喝到這泉水的山城居民
可以延年益壽

說書人：
可是山城的公主
並沒有貓的眼睛
也沒有貓的臉孔

貓臉人：
她仍然保有人類女孩的姣好面容
有人說，她已經偏離了時間的軌道
有人說，她活在另外一個世界

說書人：
是因為祭司的身分
讓她完全的獻身於山城的守護神
以致於失去了時間的印記嗎？

貓臉人：
不，不是這樣的
山城的守護神是仁慈的守護神
不會奪取任何人的時間

說書人：
那是什麼原因呢？

貓臉人：

大家都說

公主因為一段未完成的戀情

才一直沈睡不起

就算是以祭司的身分主持祭典

仍然像在夢遊

她不知道自己身處於哪一輪百年當中

在計算樹齡的年輪上

公主的軌跡混亂不堪

在蛻變的關卡

她的心中渴望一朵真正的紅玫瑰

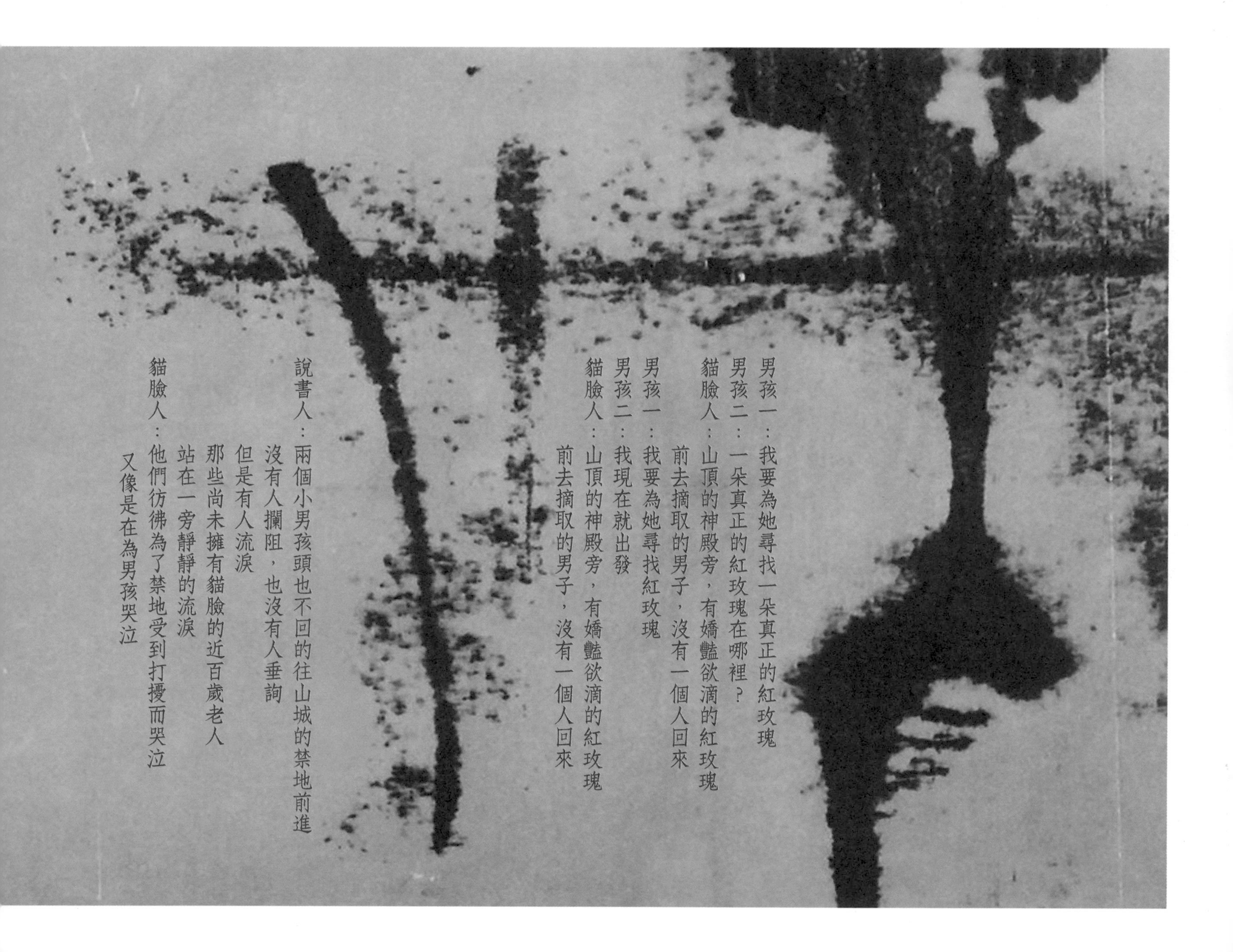

男孩一：我要為她尋找一朵真正的紅玫瑰
男孩二：一朵真正的紅玫瑰在哪裡？
貓臉人：山頂的神殿旁，有嬌豔欲滴的紅玫瑰
前去摘取的男子，沒有一個人回來
男孩一：我要為她尋找紅玫瑰
男孩二：我現在就出發
貓臉人：山頂的神殿旁，有嬌豔欲滴的紅玫瑰
前去摘取的男子，沒有一個人回來

說書人：兩個小男孩頭也不回的往山城的禁地前進
沒有人攔阻，也沒有人垂詢
但是有人流淚
那些尚未擁有貓臉的近百歲老人
站在一旁靜靜的流淚
貓臉人：他們彷彿為了禁地受到打擾而哭泣
又像是在為男孩哭泣

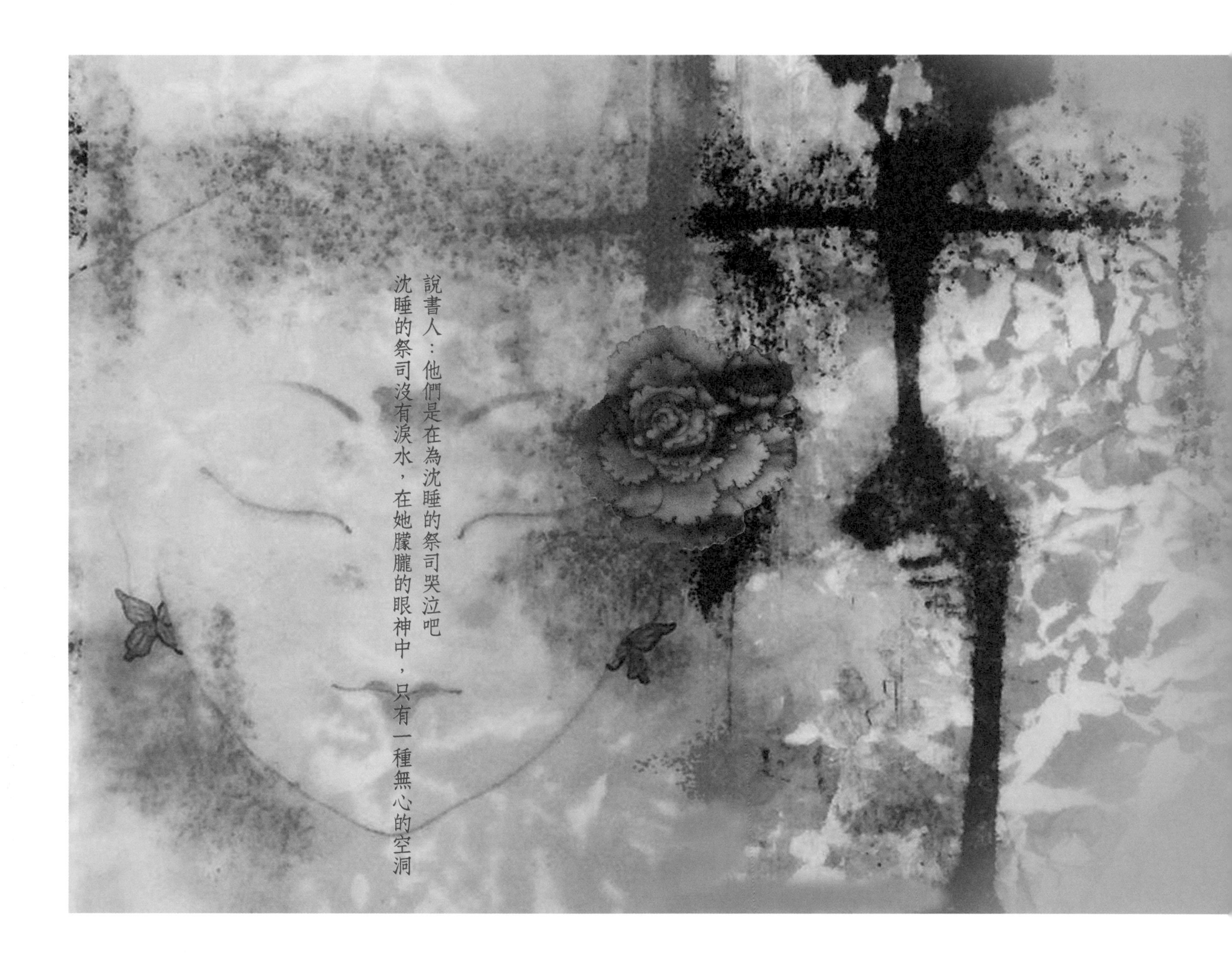
說書人：他們是在為沈睡的祭司哭泣吧
沈睡的祭司沒有淚水，在她朦朧的眼神中，只有一種無心的空洞

說書人：

小男孩堅定的往山頂前進
但是山頂的距離遠超過他們的想像
因為山的一大半都隱在雲霧中
他們走了好久好久
卻發現到達的地方就連山腰也算不上

不知道過了多久
小男孩的聲調變了
臉上長出了鬍鬚
而山頂還在遙遠的那一端

但是誰也沒有想過要停下腳步
小男孩的心還是一顆男孩的心

就在前進的過程中
他們遇到了
叟吉
雙雙
裕溫
和
往日
為了確認男孩們的決心
這些守護山神的靈獸們
分別對男孩們提出了不同的問題

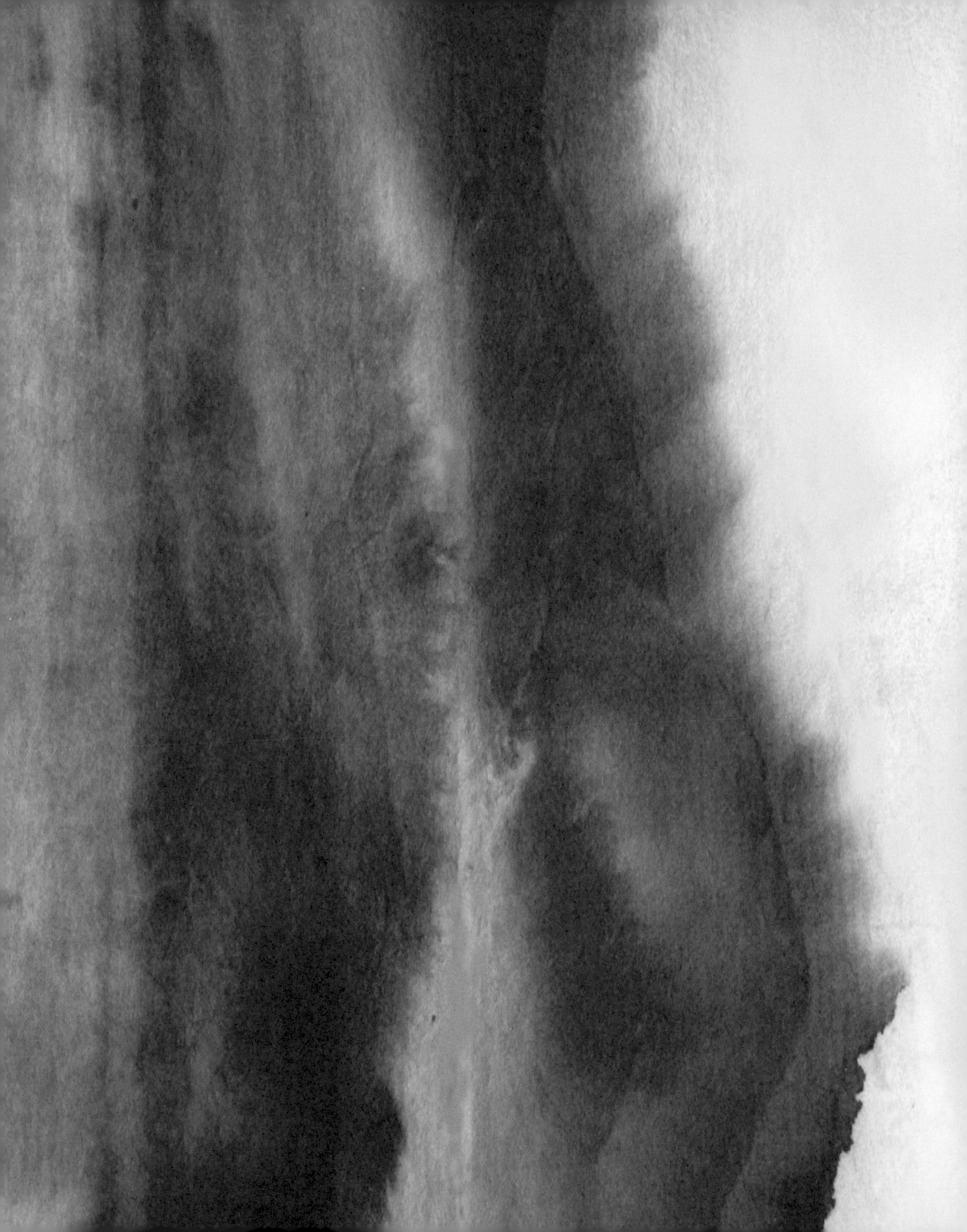

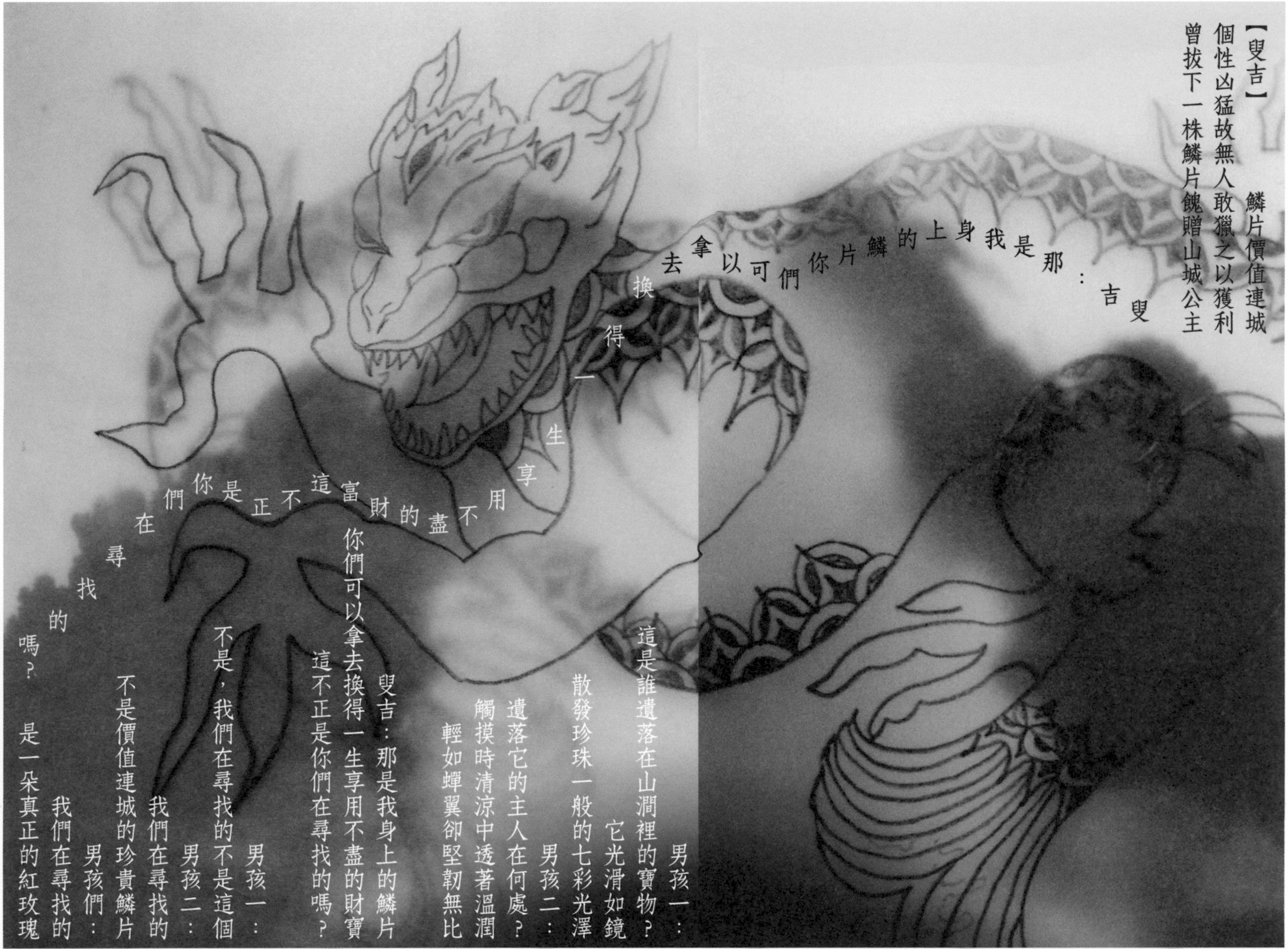
【叟吉】 鱗片價值連城
個性凶猛故無人敢獵之以獲利
曾拔下一株鱗片餽贈山城公主
叟吉：那是我身上的鱗片你們可以拿去換得一生享用不盡的財富這不正是你們在尋找的嗎？
男孩一：
這是誰遺落在山澗裡的寶物？
它光滑如鏡
散發珍珠一般的七彩光澤
男孩二：
遺落它的主人在何處？
觸摸時清涼中透著溫潤
輕如蟬翼卻堅韌無比
叟吉：那是我身上的鱗片
你們可以拿去換得一生享用不盡的財寶
這不正是你們在尋找的嗎？
男孩一：
不是，我們在尋找的不是這個
男孩二：
我們在尋找的
不是價值連城的珍貴鱗片
男孩們：
我們在尋找的
是一朵真正的紅玫瑰

【雙雙】
被人欺騙而變成妖怪的小女孩們
初見面時很可愛
等到路人上當了
才露出猙獰面孔
搶奪旅人的財物
雙雙：我們絕美的容顏永不改變
我們稚嫩的聲音呼喚著溫柔擁抱
親愛的旅人
這不正是你們在尋找的嗎？
男孩一：
如果我們不停下腳步
那兩個小女孩會凍死在這半山腰嗎？
男孩二：
她們看起來是如此嬌弱善良
也許會成為猛獸的食物
雙雙：我們絕美的容顏永不改變
我們稚嫩的聲音呼喚著溫柔擁抱
親愛的旅人
這不正是你們在尋找的嗎？
男孩一：
不，不是，這不是我們在尋找的
男孩二：
我們在尋找的，不是青春與享樂
男孩們：
我們在尋找的
是一朵真正的紅玫瑰

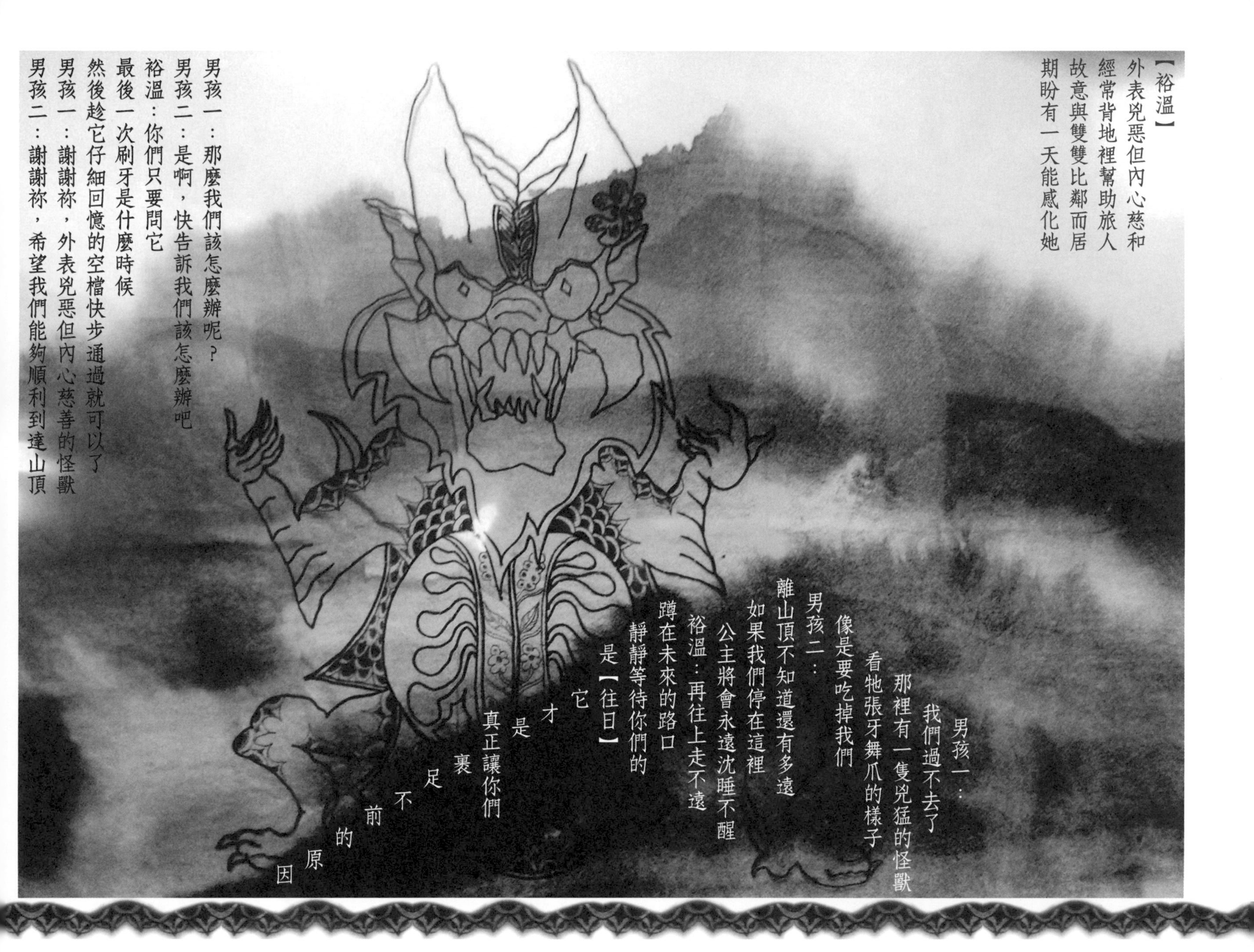
【裕溫】外表兇惡但內心慈和
經常背地裡幫助旅人
故意與雙雙比鄰而居
期盼有一天能感化她
男孩一：我們過不去了
那裡有一隻兇猛的怪獸
看牠張牙舞爪的樣子
像是要吃掉我們
男孩二：離山頂不知道還有多遠
如果我們停在這裡
公主將會永遠沈睡不醒
裕溫：再往上走不遠
蹲在未來的路口
靜靜等待你們的
是【往日】
它才是真正讓你們裹足不前的原因
男孩一：那麼我們該怎麼辦呢？
男孩二：是啊，快告訴我們該怎麼辦吧
裕溫：你們只要問它
最後一次刷牙是什麼時候
然後趁它仔細回憶的空檔快步通過就可以了
男孩一：謝謝祢，外表兇惡但內心慈善的怪獸
男孩二：謝謝祢，希望我們能夠順利到達山頂

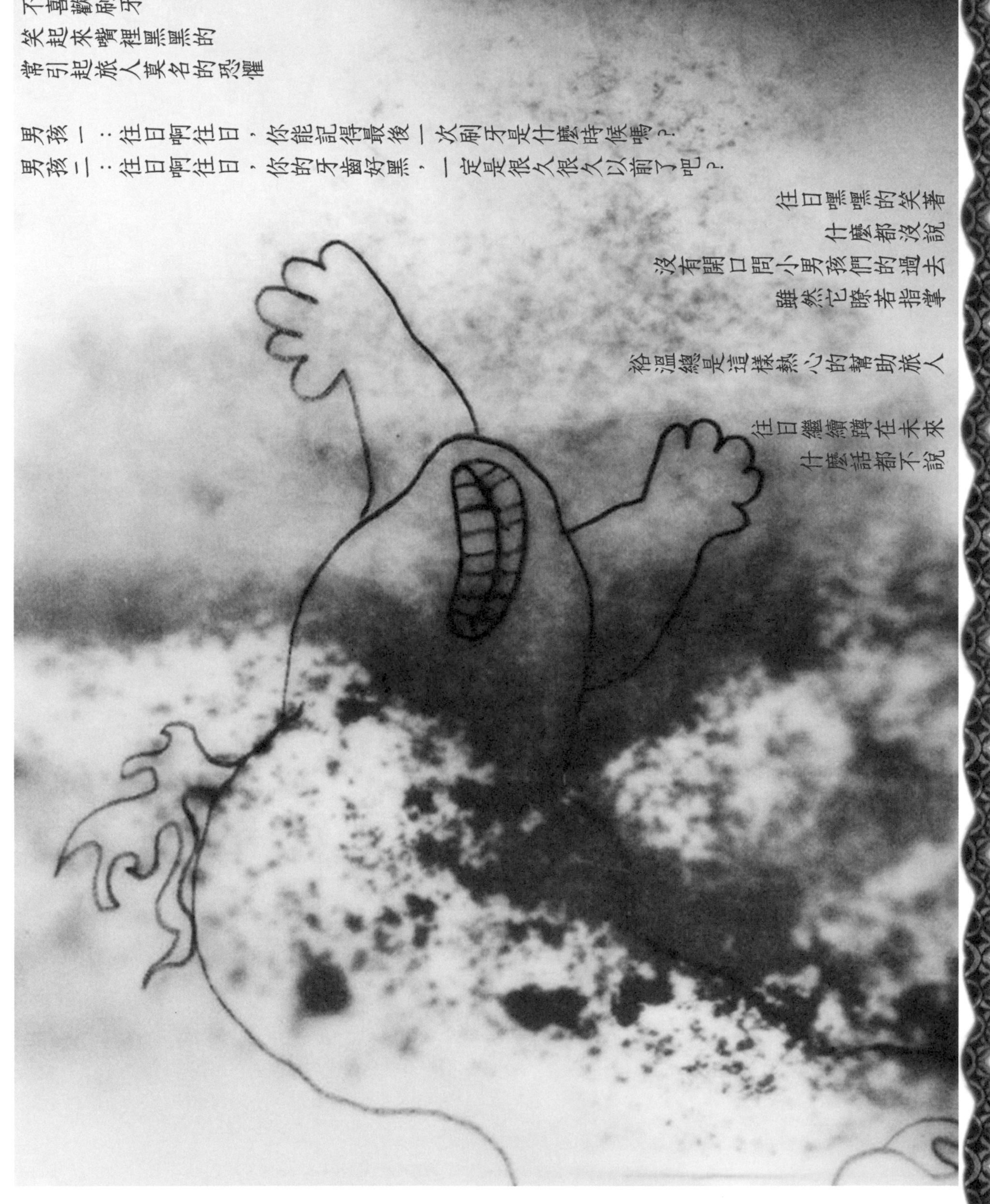

【往日】
掌管歲月與記憶的神祉
唯一的壞習慣就是
不喜歡刷牙
笑起來嘴裡黑黑的
常引起旅人莫名的恐懼

男孩一：往日啊往日，你能記得最後一次刷牙是什麼時候嗎？
男孩二：往日啊往日，你的牙齒好黑，一定是很久很久以前了吧？

往日嘿嘿的笑著
什麼都沒說
沒有開口問小男孩們的過去
雖然它瞭若指掌

裕溫總是這樣熱心的幫助旅人

往日繼續蹲在未來
什麼話都不說

第三章

【飛馬】

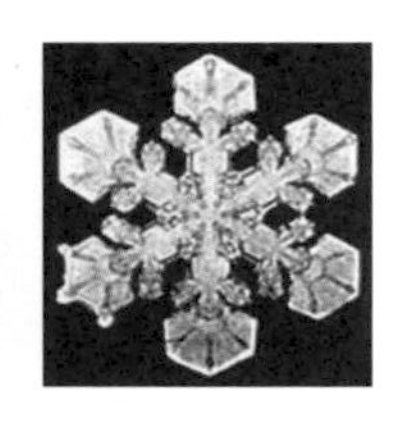

說書人：
在某一年大雪紛飛的冬天
男孩們終於抵達了山頂
那裡是一片銀白的世界
一棵高大的樹下有一眼清泉
那清泉仍然潺潺流淌
不因酷寒而被冰封

男孩們又渴又累
兩人想也不想
就著清泉便大口的喝了起來
沒有注意到彼此面容的變化

喝完了泉水，四下張望
試圖找尋足以果腹的食物
看到遠遠的地方似乎有一抹淡綠

他們走近之後
發現那是一把極其青翠的牧草
雪花飄到牧草上
便融化成了晶瑩的水珠
牧草看來鮮美多汁，芳香可口

就在他們要上前攀拔的時候
從身後傳來了馬匹的嘶鳴
一匹白色的駿馬
從漫天大雪中飛奔而至
純白的鬃毛在雪花中飛揚
馬蹄騰起的雪花
在兩人面前形成一團白霧
等他們好不容易可以看的清楚
白馬已經站在他們的面前

白馬從鼻孔裡噴出熱騰騰的白霧
黑亮的雙眼盯著兩人手中的鮮綠牧草
輕輕搖動美麗的頭顱

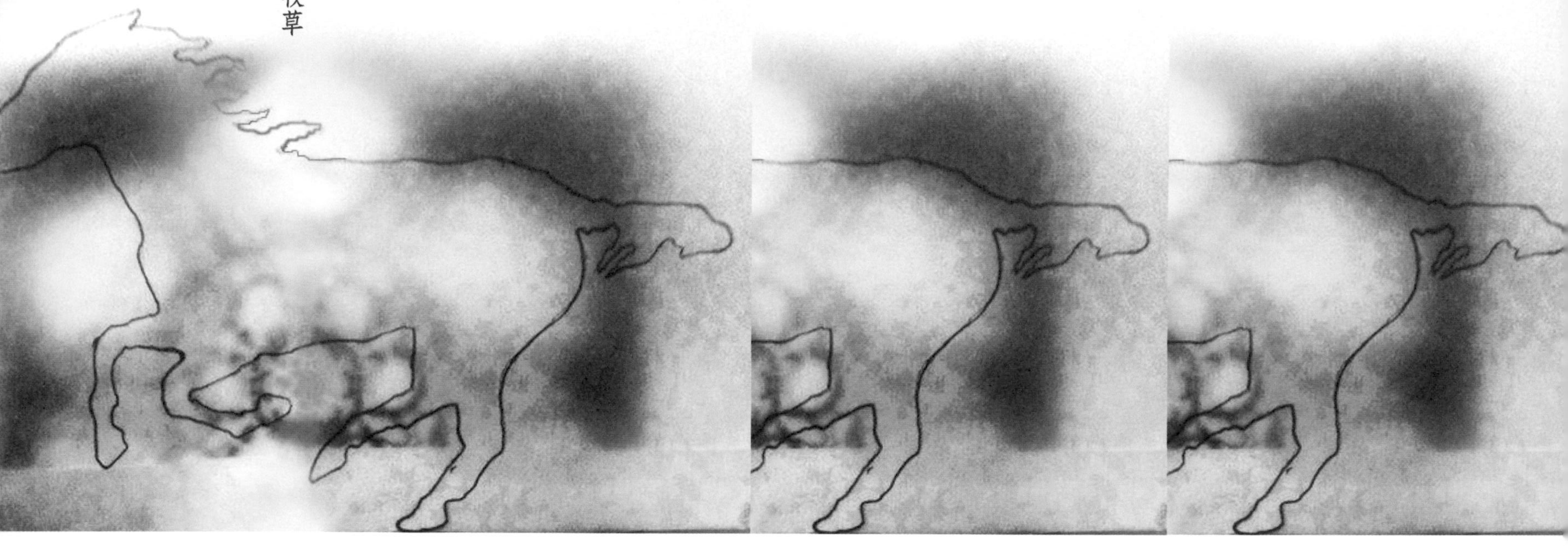

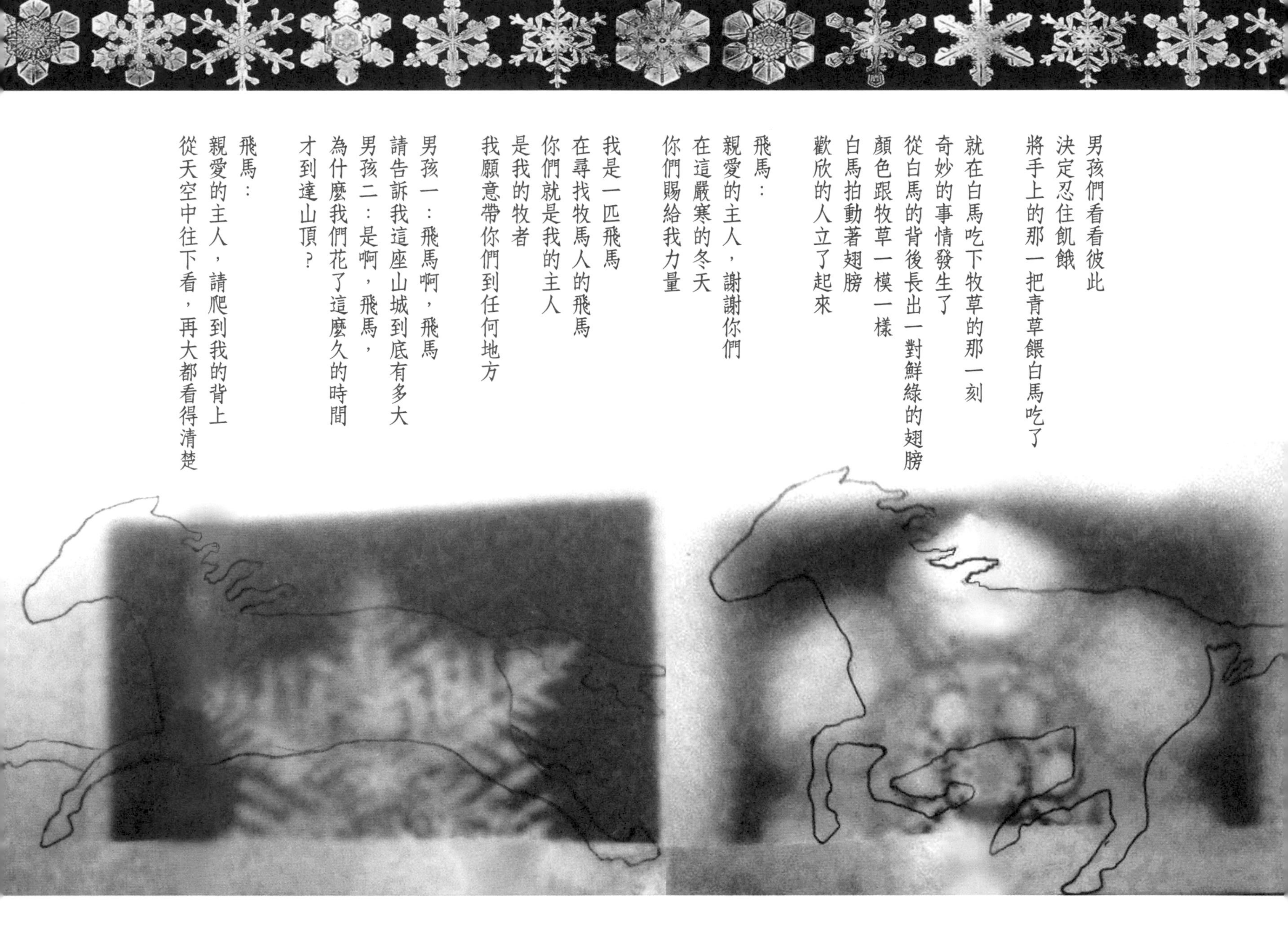

男孩們看看彼此
決定忍住飢餓
將手上的那一把青草餵白馬吃了

就在白馬吃下牧草的那一刻
奇妙的事情發生了
從白馬的背後長出一對鮮綠的翅膀
顏色跟牧草一模一樣
白馬拍動著翅膀
歡欣的人立了起來

飛馬：
親愛的主人，謝謝你們
在這嚴寒的冬天
你們賜給我力量

我是一匹飛馬
在尋找牧馬人的飛馬
你們就是我的主人
是我的牧者
我願意帶你們到任何地方

男孩一：飛馬啊，飛馬
請告訴我這座山城到底有多大
男孩二：是啊，飛馬，
為什麼我們花了這麼久的時間
才到達山頂？

飛馬：
親愛的主人，請爬到我的背上
從天空中往下看，再大都看得清楚

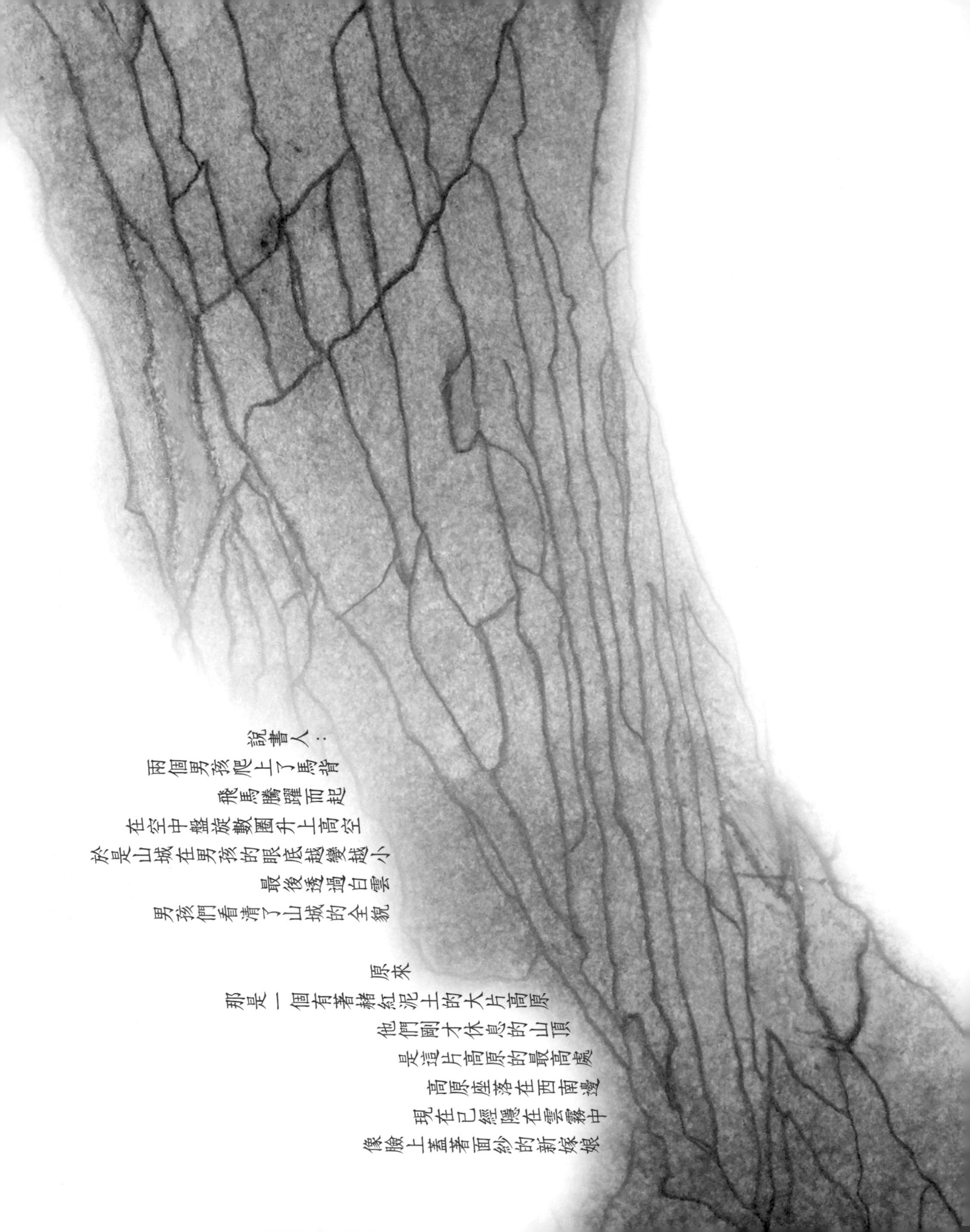

說書人：
兩個男孩爬上了馬背
飛馬騰躍而起
在空中盤旋數圈升上高空
於是山城在男孩的眼底越變越小
最後透過白雲
男孩們看清了山城的全貌

原來
那是一個有著赭紅泥土的大片高原
他們剛才休息的山頂
是這片高原的最高處
高原座落在西南邊
現在已經隱在雲霧中
像臉上蓋著面紗的新嫁娘

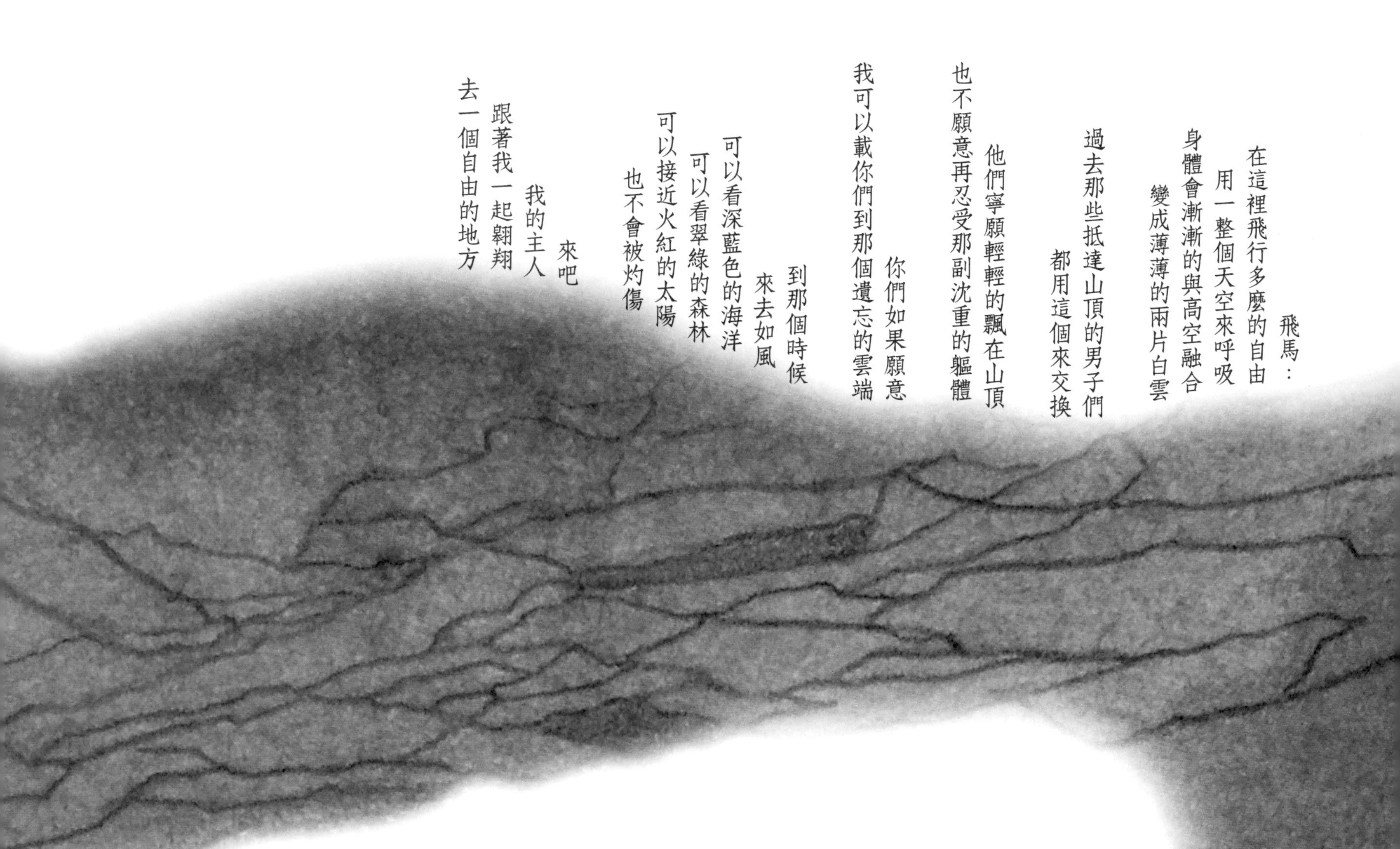

飛馬：

在這裡飛行多麼的自由
用一整個天空來呼吸
身體會漸漸的與高空融合
變成薄薄的兩片白雲

過去那些抵達山頂的男子們
都用這個來交換

他們寧願輕輕的飄在山頂
也不願意再忍受那副沈重的軀體

你們如果願意
我可以載你們到那個遺忘的雲端

到那個時候
來去如風
可以看深藍色的海洋
可以看翠綠的森林
可以接近火紅的太陽
也不會被灼傷

來吧
我的主人
跟著我一起翱翔
去一個自由的地方

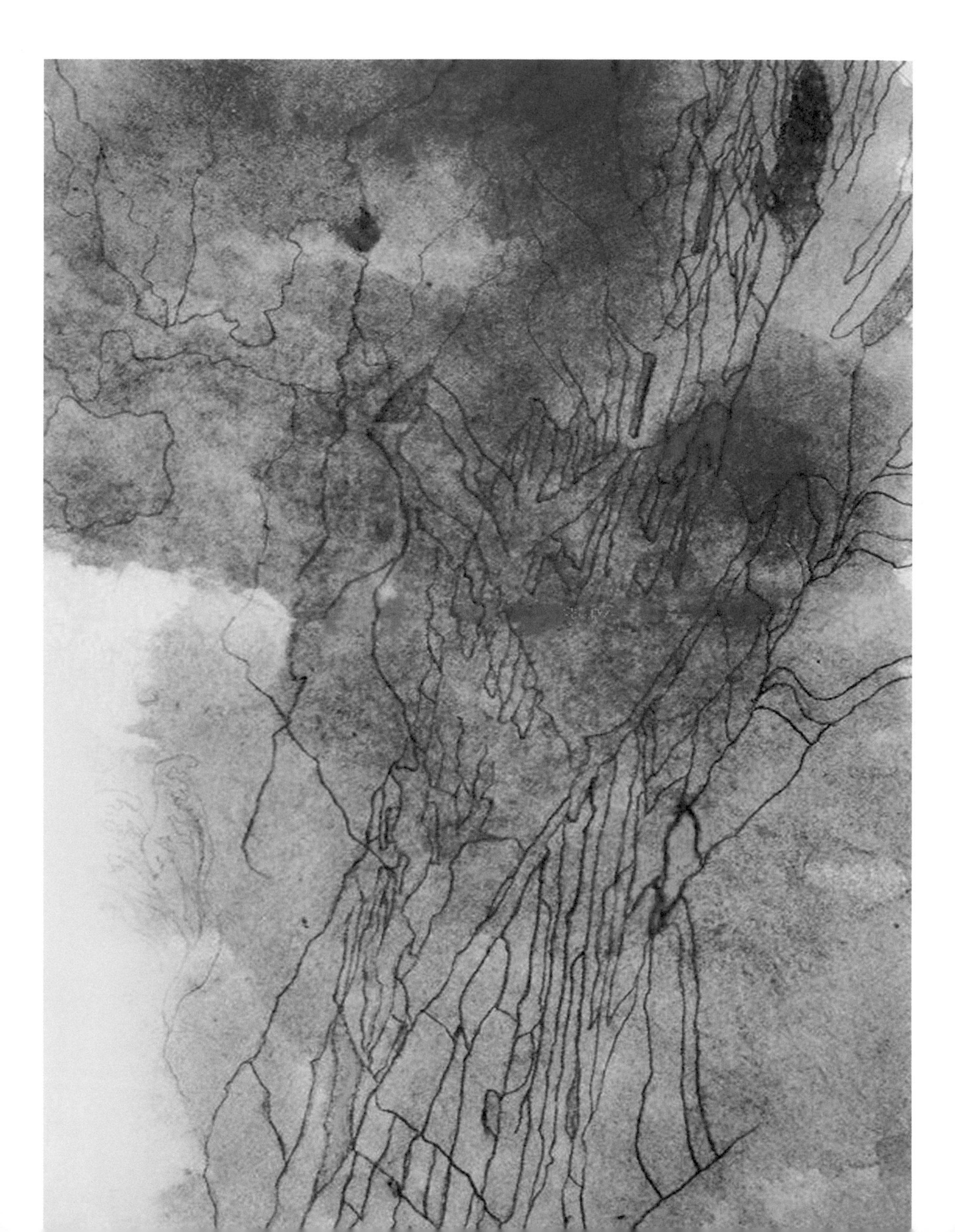

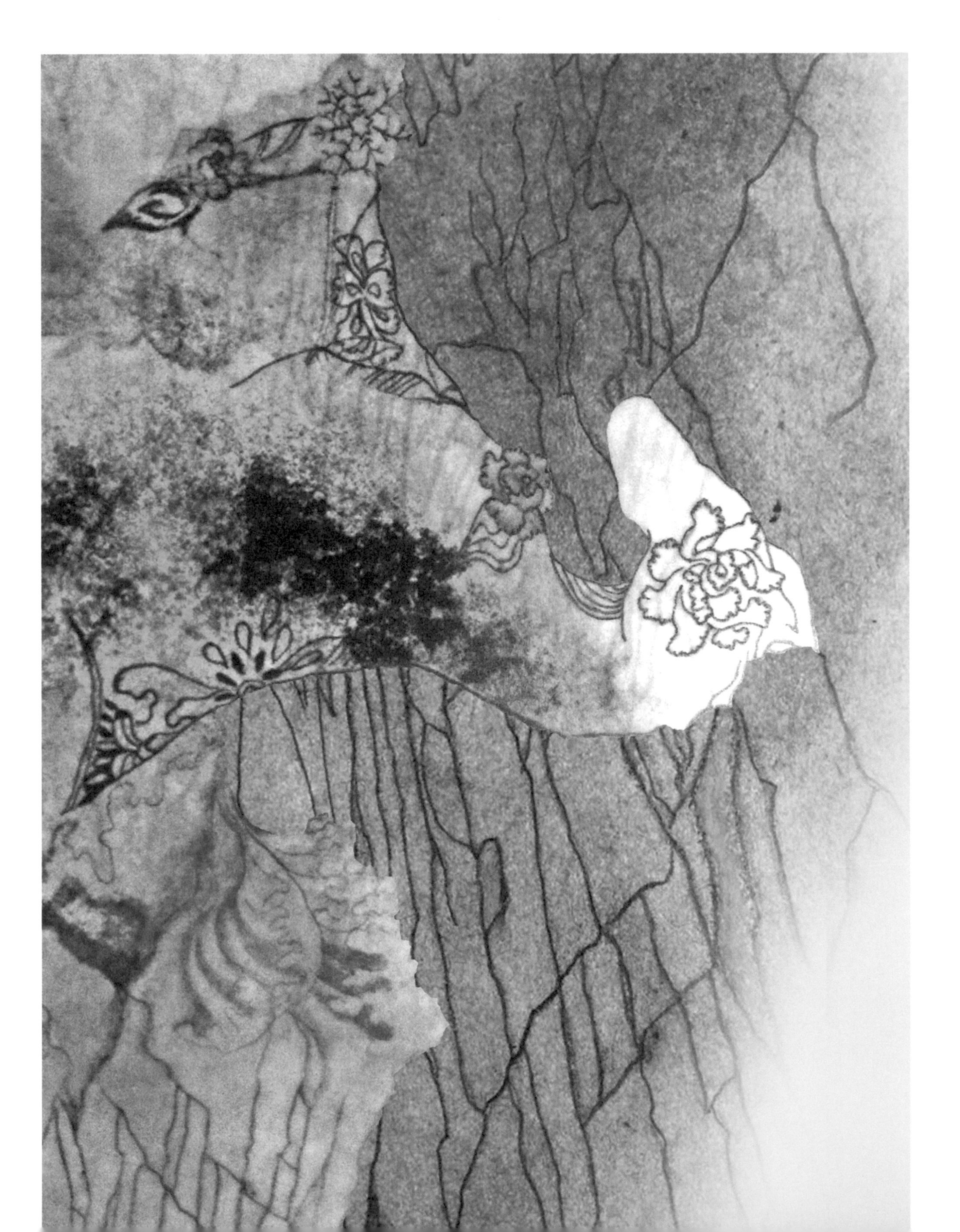

男孩一：等一下！
男孩二：等一下！

說書人：原本興高采烈的兩個人
都流下了焦急的眼淚

男孩一：我得去找一朵真正的玫瑰花！
男孩二：我得去送一朵紅色的玫瑰花！

說書人：飛馬聽了很吃驚
停在空中
綠色的翅膀不停的鼓動

小男孩一：快些送我們回去！
小男孩二：山頂上有玫瑰花！

飛馬：
我的主人
玫瑰並不在終年積雪的山頂
那冷列稀薄的空氣
養不出一朵真正熱情的花

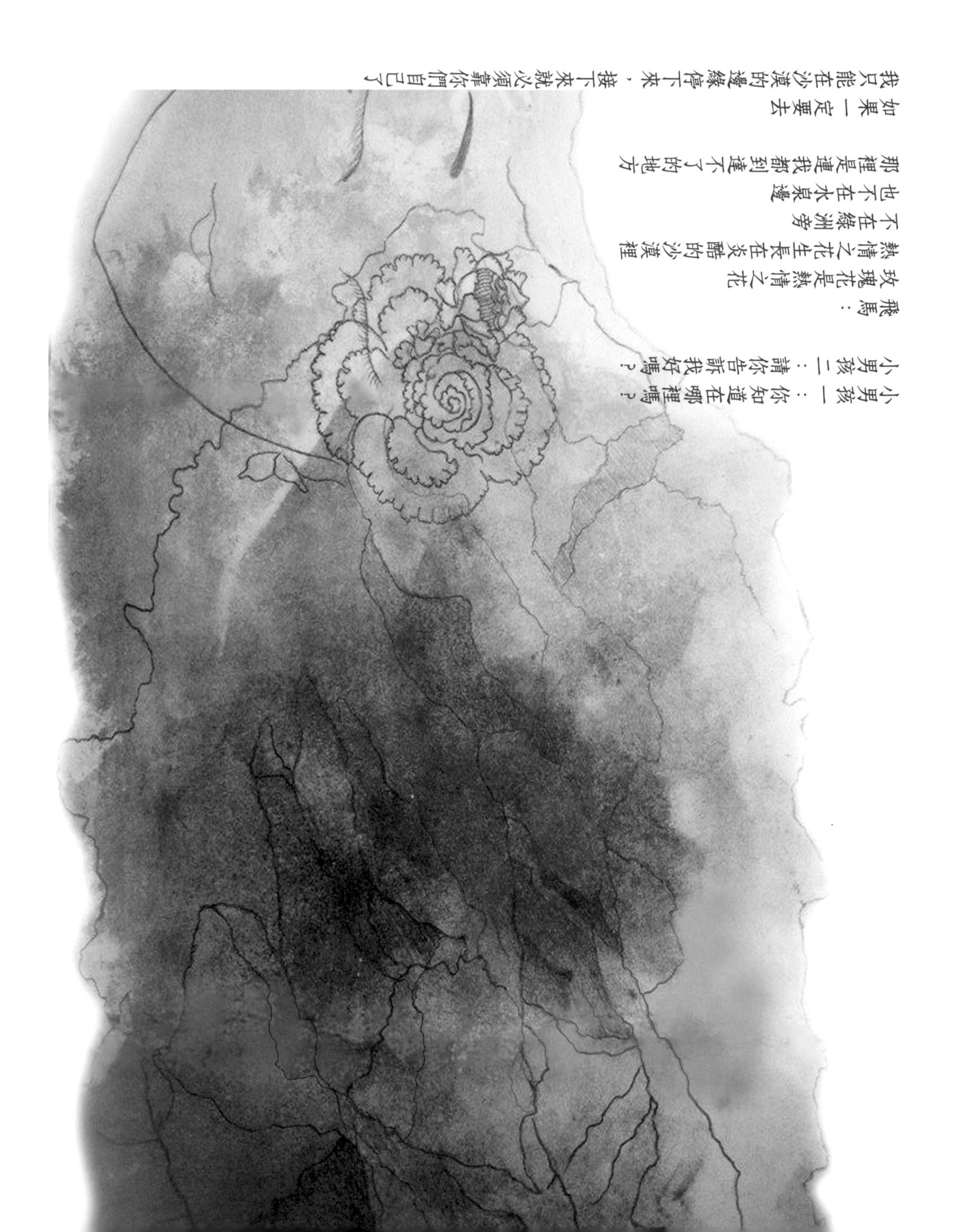

小男孩一：你知道在哪裡嗎？
小男孩二：請你告訴我好嗎？

飛馬：
玫瑰花是熱情之花
熱情之花生長在炎酷的沙漠裡
不在綠洲旁
也不在水泉邊
那裡是連我都到達不了的地方
如果一定要去
我只能在沙漠的邊緣停下來，接下來就必須靠你們自己了

第四章

【沙漠】

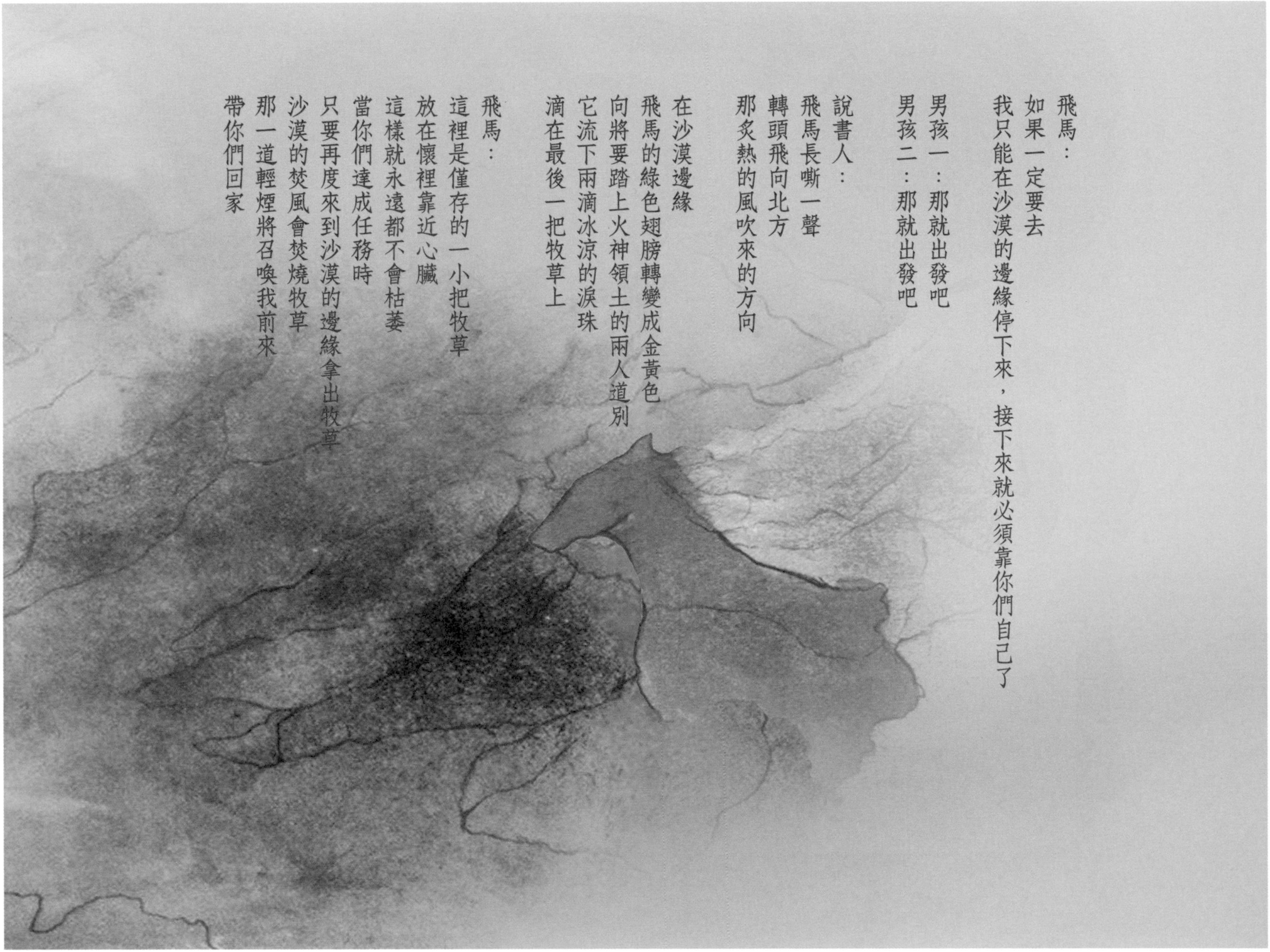

飛馬：
如果一定要去
我只能在沙漠的邊緣停下來，接下來就必須靠你們自己了

男孩一：那就出發吧
男孩二：那就出發吧

說書人：
飛馬長嘶一聲
轉頭飛向北方
那炙熱的風吹來的方向

在沙漠邊緣
飛馬的綠色翅膀轉變成金黃色
向將要踏上火神領土的兩人道別
它流下兩滴冰涼的淚珠
滴在最後一把牧草上

飛馬：
這裡是僅存的一小把牧草
放在懷裡靠近心臟
這樣就永遠都不會枯萎
當你們達成任務時
只要再度來到沙漠的邊緣拿出牧草
沙漠的焚風會焚燒牧草
那一道輕煙將召喚我前來
帶你們回家

橫越沙漠的途中
男孩們頂著呼呼的強風
艱難的向前走去
不知道何時出現了跳舞的骷髏
骷髏們在炙熱的沙漠中
唱歌
跳舞
玩耍
操弄著戲偶
彷彿歡慶著生與死
也透露出一絲絲
命運的嘲弄

說書人：
熾烈的
沙漠的焚風啊
你捲起漫天的風砂
把旅人的腳印給抹拭了
沒有人能在你的面前唱歌
杯中的清水被你注入忌妒的粉末
我們再也不能微笑
男孩一：
兩首不同的歌
卻在同一個時間吟唱
男孩二：迴旋的風聲正唱著痛苦的戀歌
我們什麼旋律都聽不到

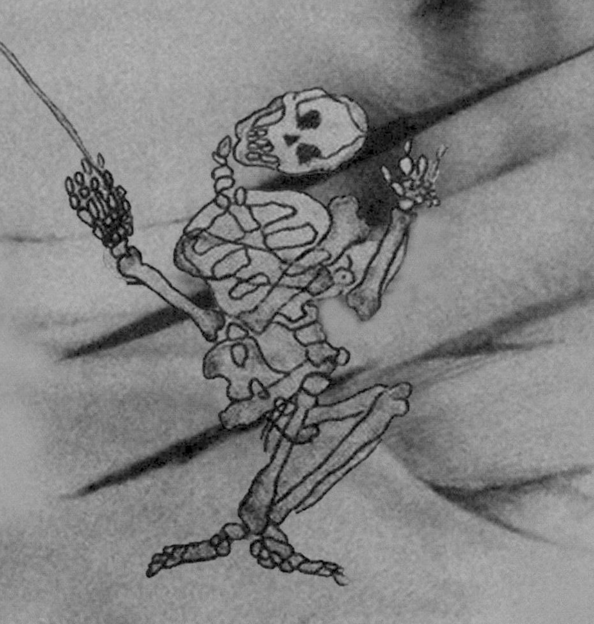

熾烈的
沙漠的焚風啊
你是戀人們渴求的懸念
燒灼著發白的手腕
旅人
垂手低頭
在你的
呼嘯
中
俯首稱臣
旅人
的
脊椎
被
磨蝕
成
風化的
石頭
於是他想著
戀人鎖骨上
的
一滴發亮的汗珠
而或許，那是淚珠也說不定

圍繞著戀人
最後告別時的笑容
一遍又一遍的
出現在腦海中
旅人的心
不由自主的
唱著疼痛的戀曲
腳下被銳利的
風之刀
無情的揮砍
但是步伐
卻不曾退縮

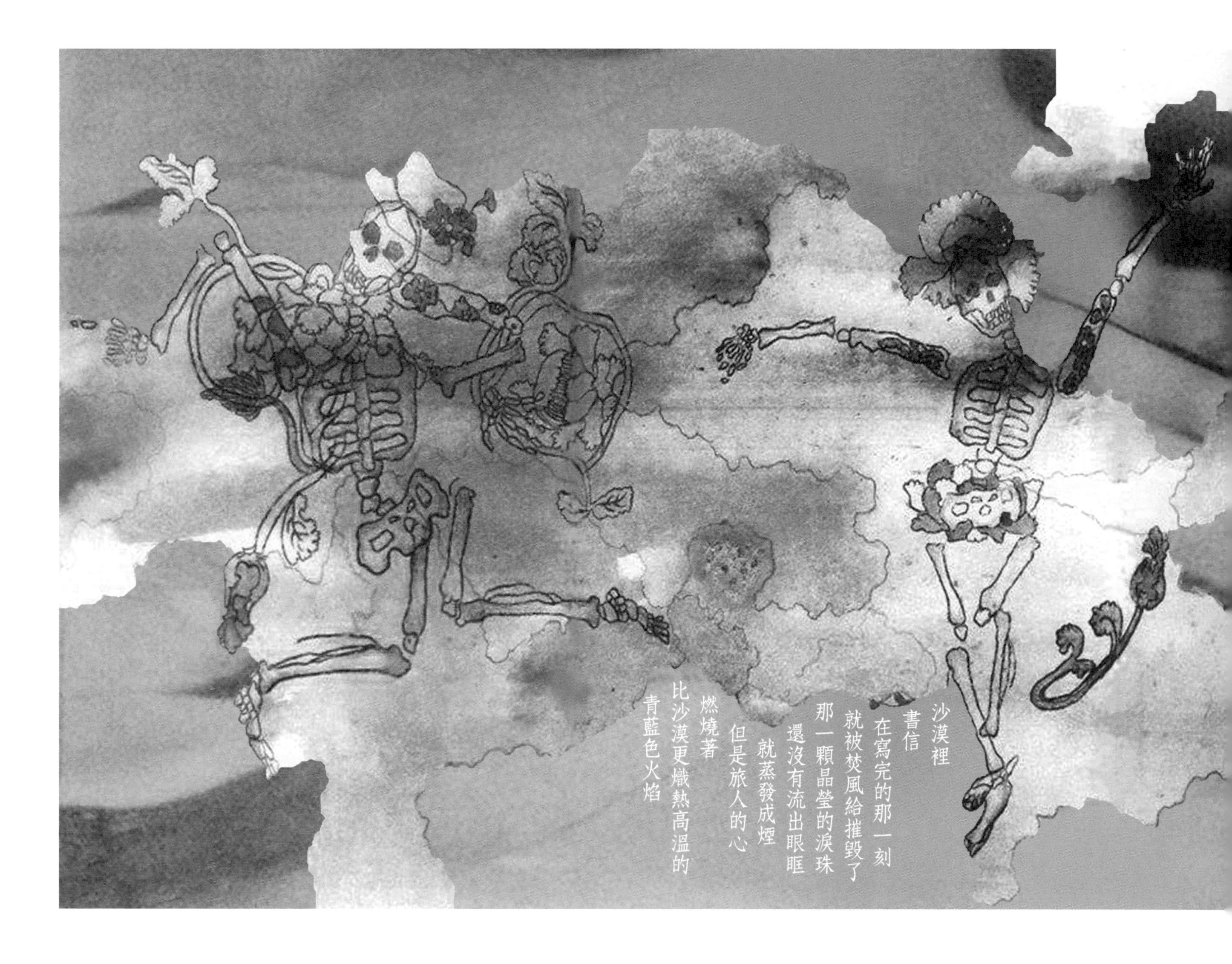
沙漠裡
書信
在寫完的那一刻
就被焚風給摧毀了
那一顆晶瑩的淚珠
還沒有流出眼眶
就蒸發成煙
但是旅人的心
燃燒著
比沙漠更熾熱高溫的
青藍色火焰

說書人：
熾烈的，沙漠的焚風啊
你將旅人的行囊燒毀
你將旅人的皮膚灼傷
你將旅人乾涸的喉嚨中僅存的戀歌奪走
但是旅人的心
燃燒著比你更強烈的
高溫的青藍色火焰
那絕無僅有的純粹之火
保護著旅人的心
使他不至於
在接近玫瑰之前就被你焚毀

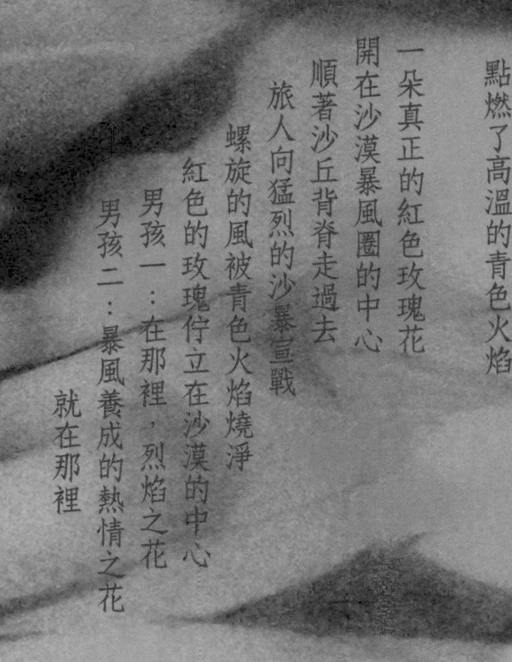

即使是沒有書信
沒有淚滴
青藍色的火焰
還是被懸浮的思念給點燃
那起伏的沙丘上方
總是吹拂著細細的風砂
像是戀人的低語
旅人內心的思念化成嗚咽
點燃了高溫的青色火焰

一朵真正的紅色玫瑰花
開在沙漠暴風圈的中心
順著沙丘背脊走過去
旅人向猛烈的沙暴宣戰
螺旋的風被青色火焰燒淨
紅色的玫瑰佇立在沙漠的中心
男孩一：在那裡，烈焰之花
男孩二：暴風養成的熱情之花
就在那裡

說書人：
旅人無畏的走上前去
沒有猶豫，也沒有遲疑
他將紅玫瑰摘下
用胸口的牧草包裹
放在貼近心臟的地方
回程的路途一樣遙遠
但是暴風已經過去

一路上
蔚藍的晴空
金黃色的沙丘
黃昏時艷紅的夕陽
都將旅人的面容烘托的無比滄桑

來到沙漠的邊緣
旅人拿出牧草來召喚飛馬
一陣小小的焚風
將草灰捲入天際
金黃色的翅膀
帶來了飛馬歡欣的嘶鳴
旅人騎上飛馬
回到公主身邊

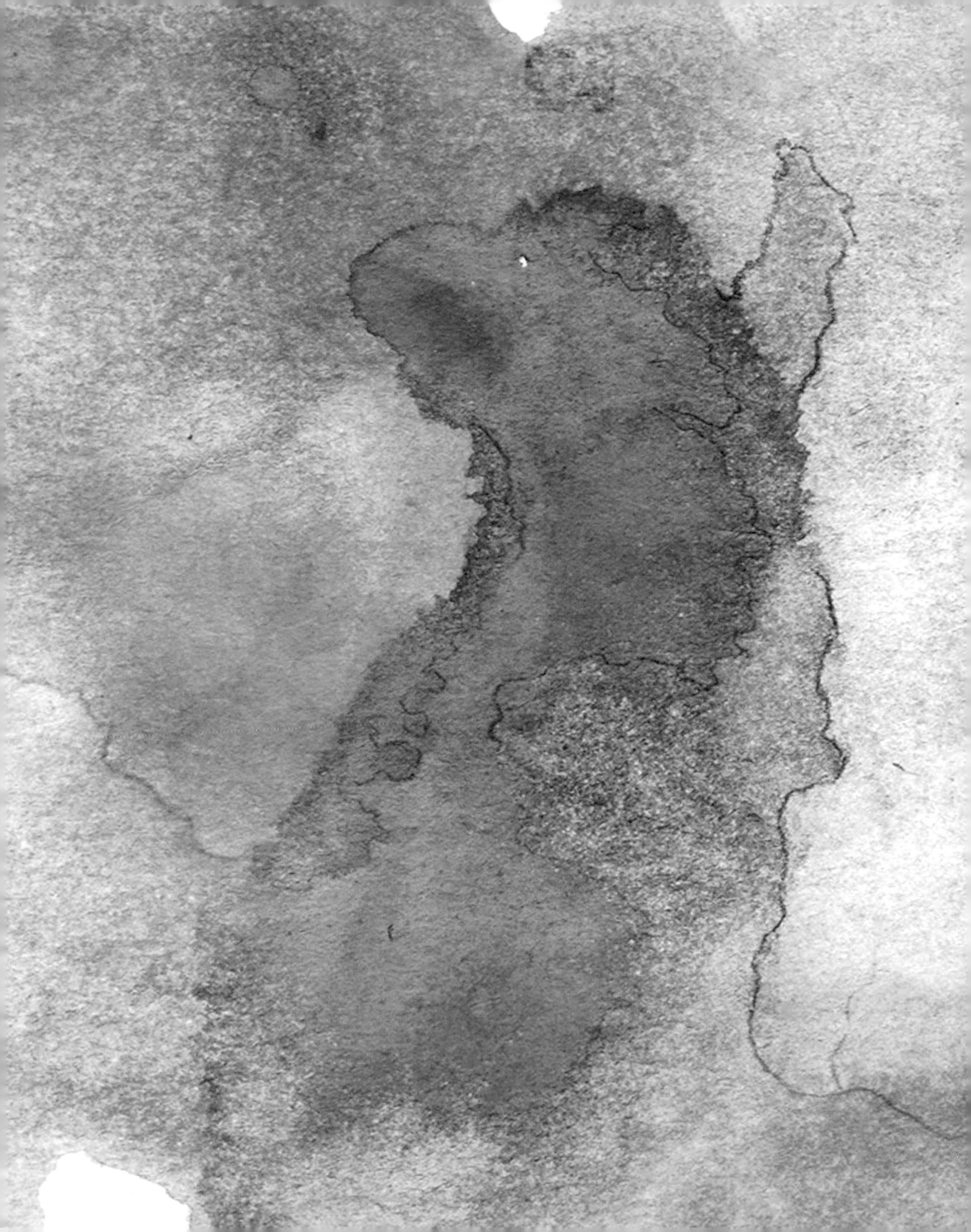

第五章

【蛻變】

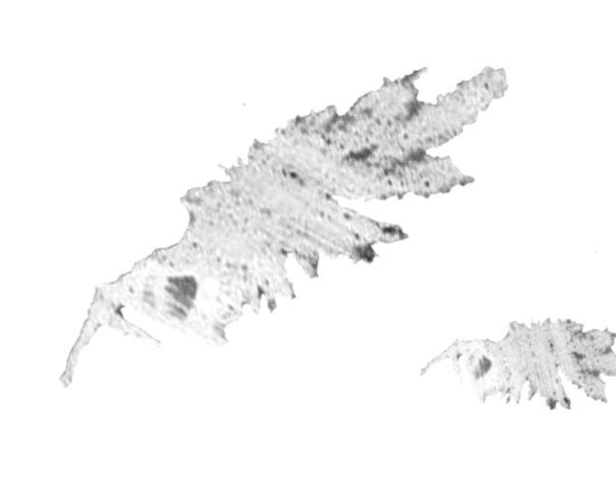

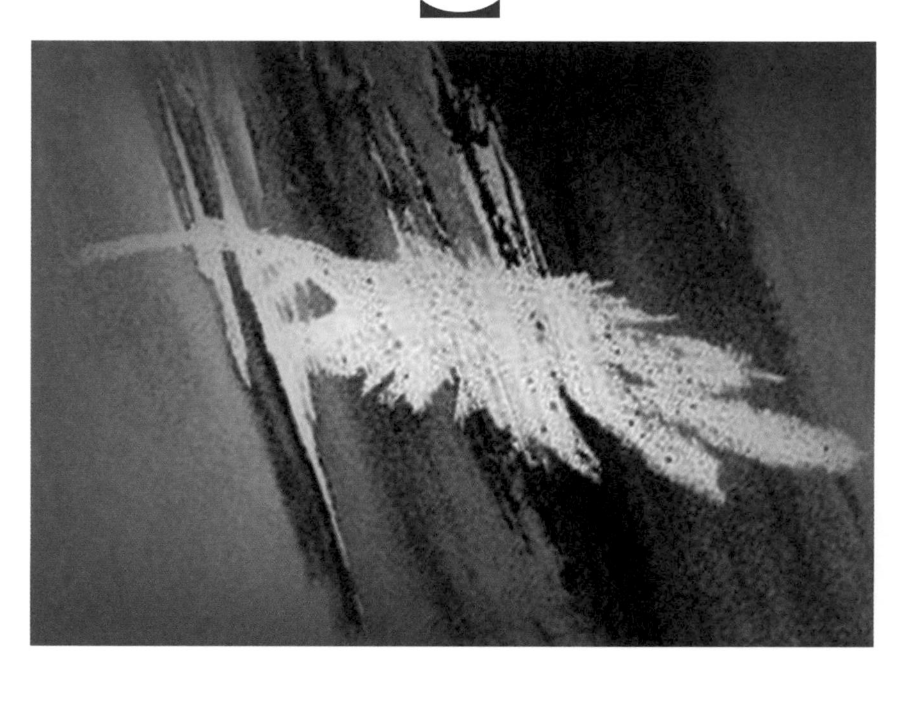

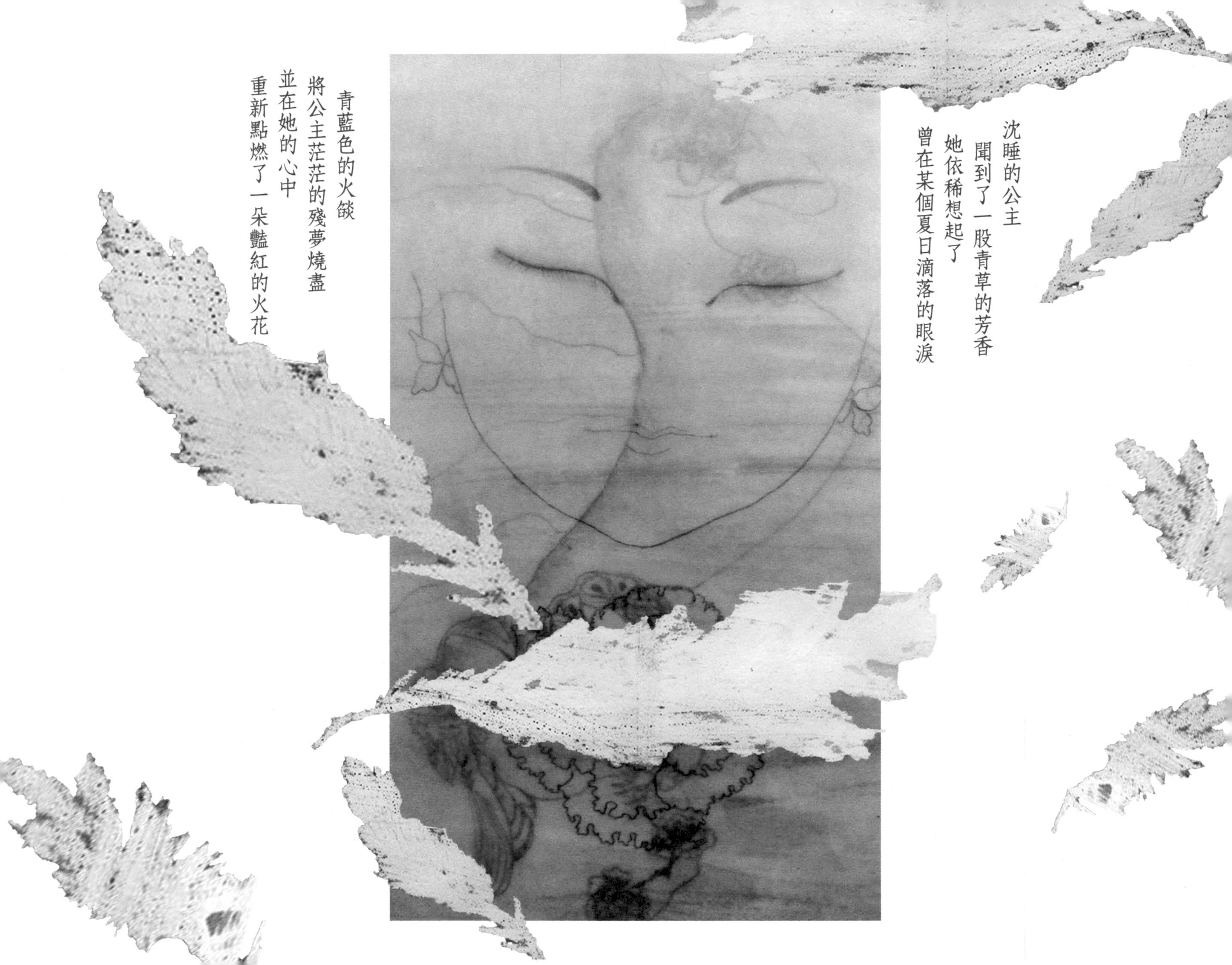

沈睡的公主
聞到了一股青草的芳香
她依稀想起了
曾在某個夏日滴落的眼淚

青藍色的火燄
將公主茫茫的殘夢燒盡
並在她的心中
重新點燃了一朵豔紅的火花

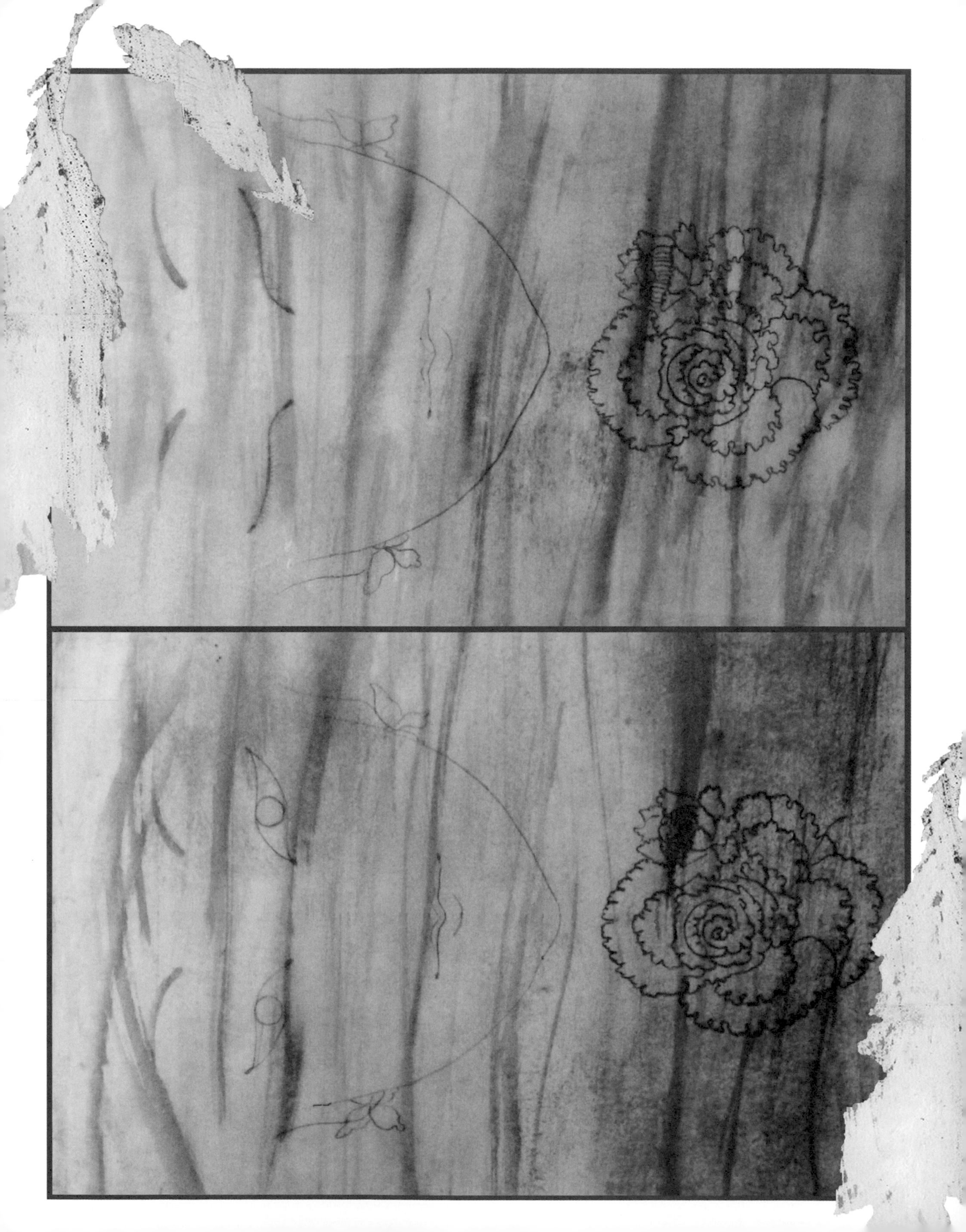

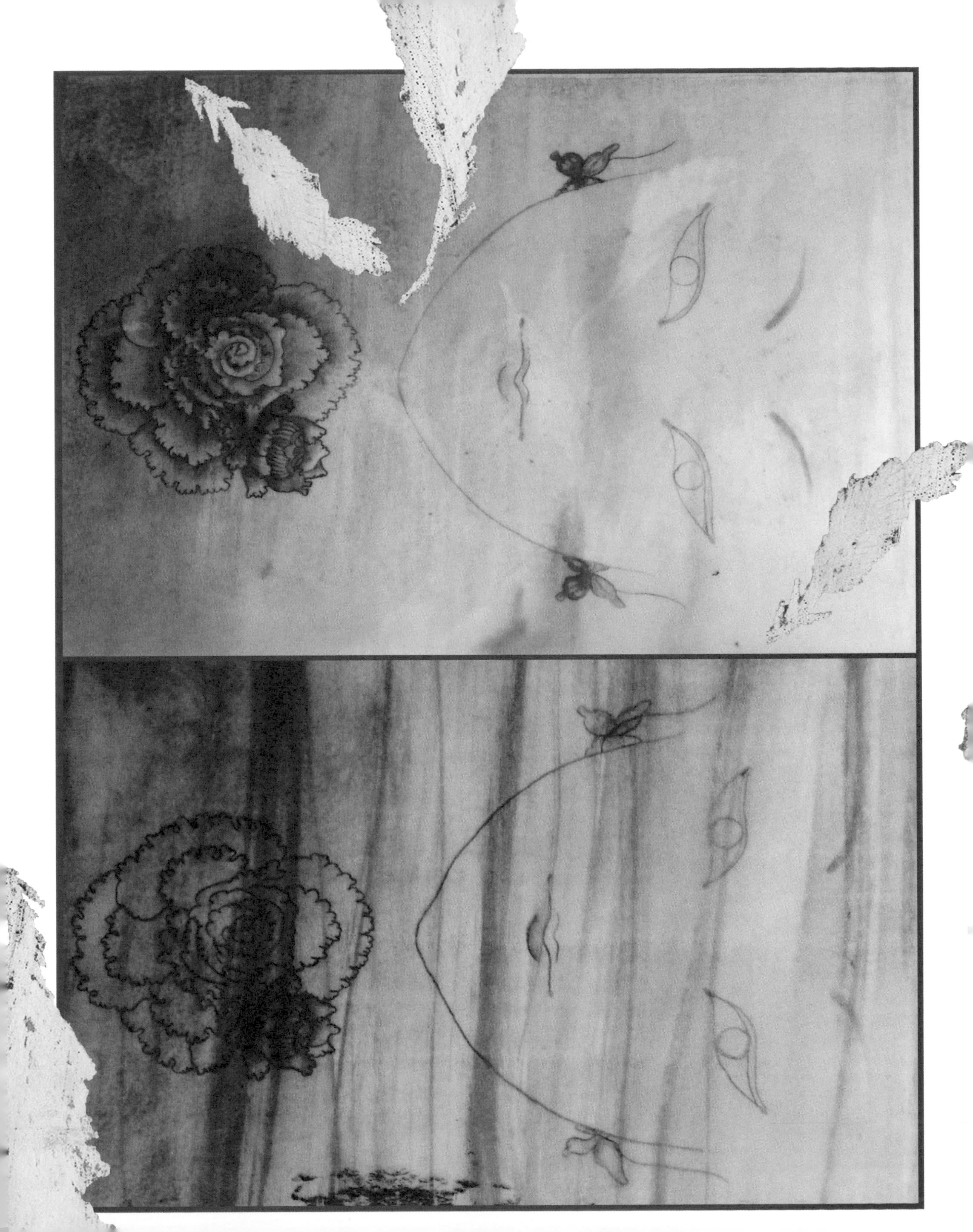

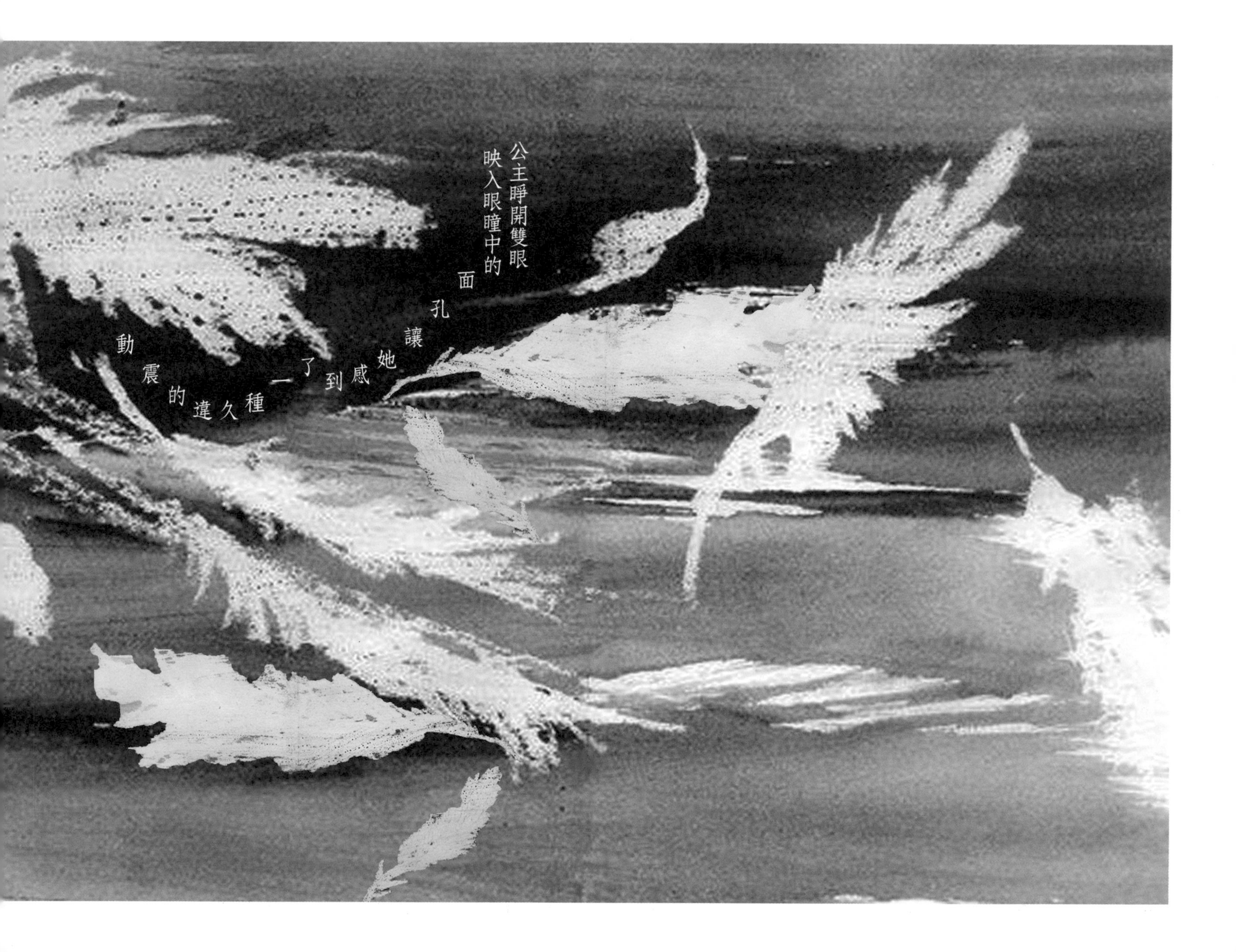
公主睜開雙眼
映入眼瞳中的面孔讓她感到了一種久違的震動

她定定的看著男孩
那凝視
彷彿有一種魔力
點燃了男孩心中
純淨的藍色火焰
那火焰將他們包圍
在擁抱的那一霎那
他們的身體長出了
白色的羽翅

在公主的眼前

兩個小男孩逐漸的化為

飛馬的兩片翅膀

他們向極限伸展開來

幾乎遮蓋了半片天空

翅膀強而有力的拍撲著

鼓動起一陣直上的旋風

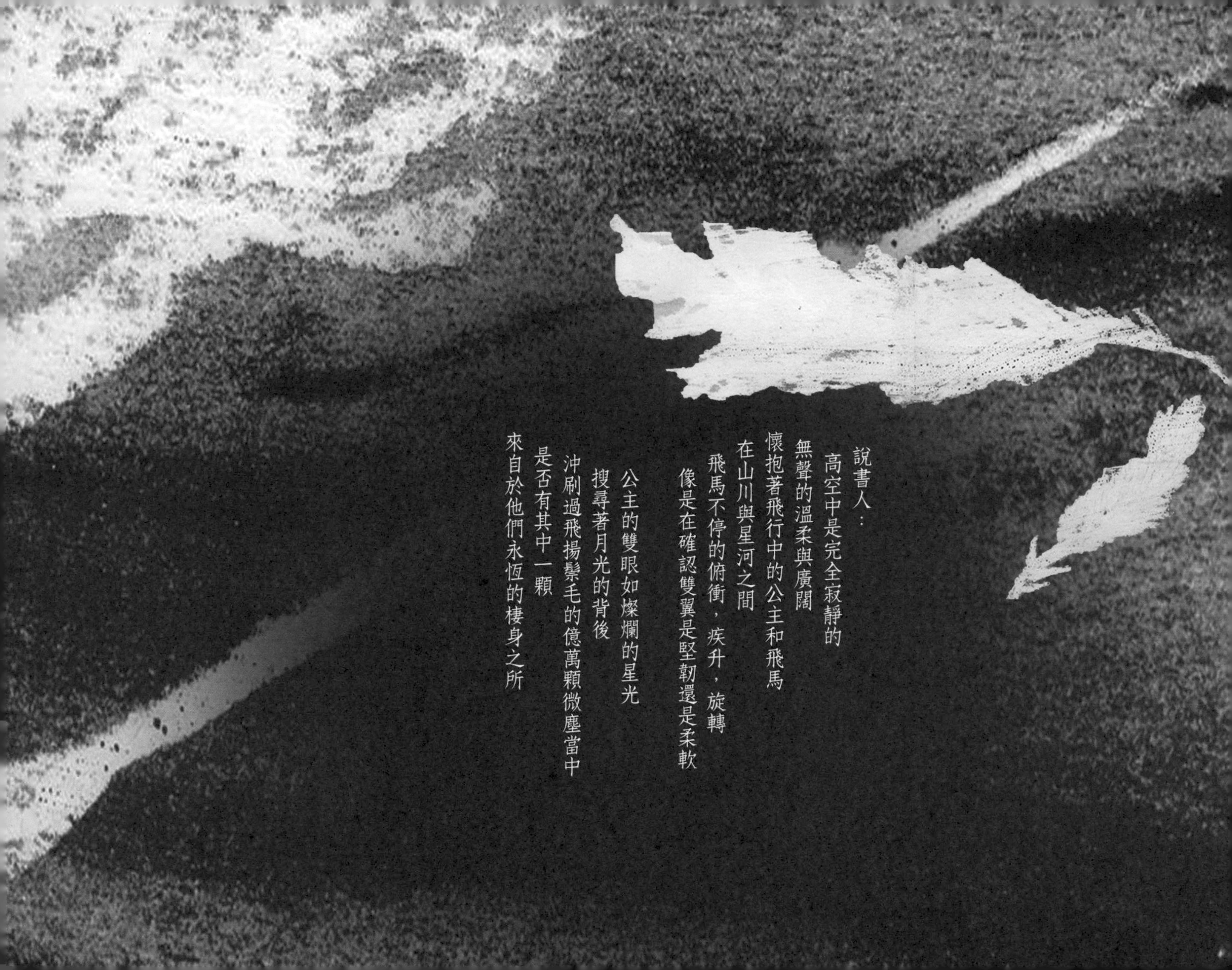

說書人：

高空中是完全寂靜的
無聲的溫柔與廣闊
懷抱著飛行中的公主和飛馬
在山川與星河之間
飛馬不停的俯衝．疾升．旋轉
像是在確認雙翼是堅韌還是柔軟

公主的雙眼如燦爛的星光
搜尋著月光的背後
沖刷過飛揚鬃毛的億萬顆微塵當中
是否有其中一顆
來自於他們永恆的棲身之所

那時
公主就會舉起雙手攫住它
跟隨這顆星辰裡早已寫入的導航密碼
降落在一個幽僻靜謐的山谷中

而飛馬則會收起翅膀
顯露出由「勇氣」與「堅定」
這兩個男孩的名字雋刻而成的騎士模樣

器宇軒昂

心神俊朗

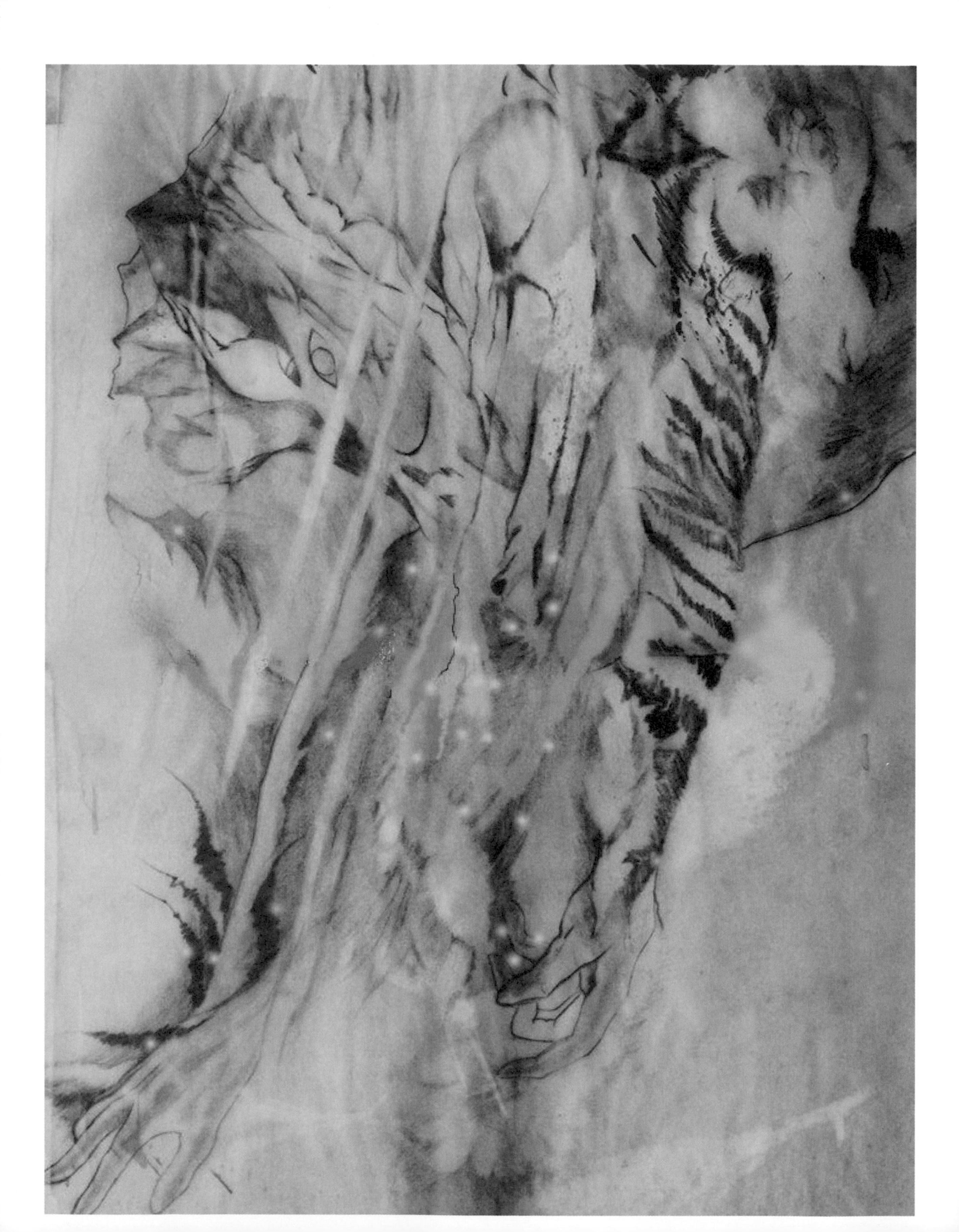

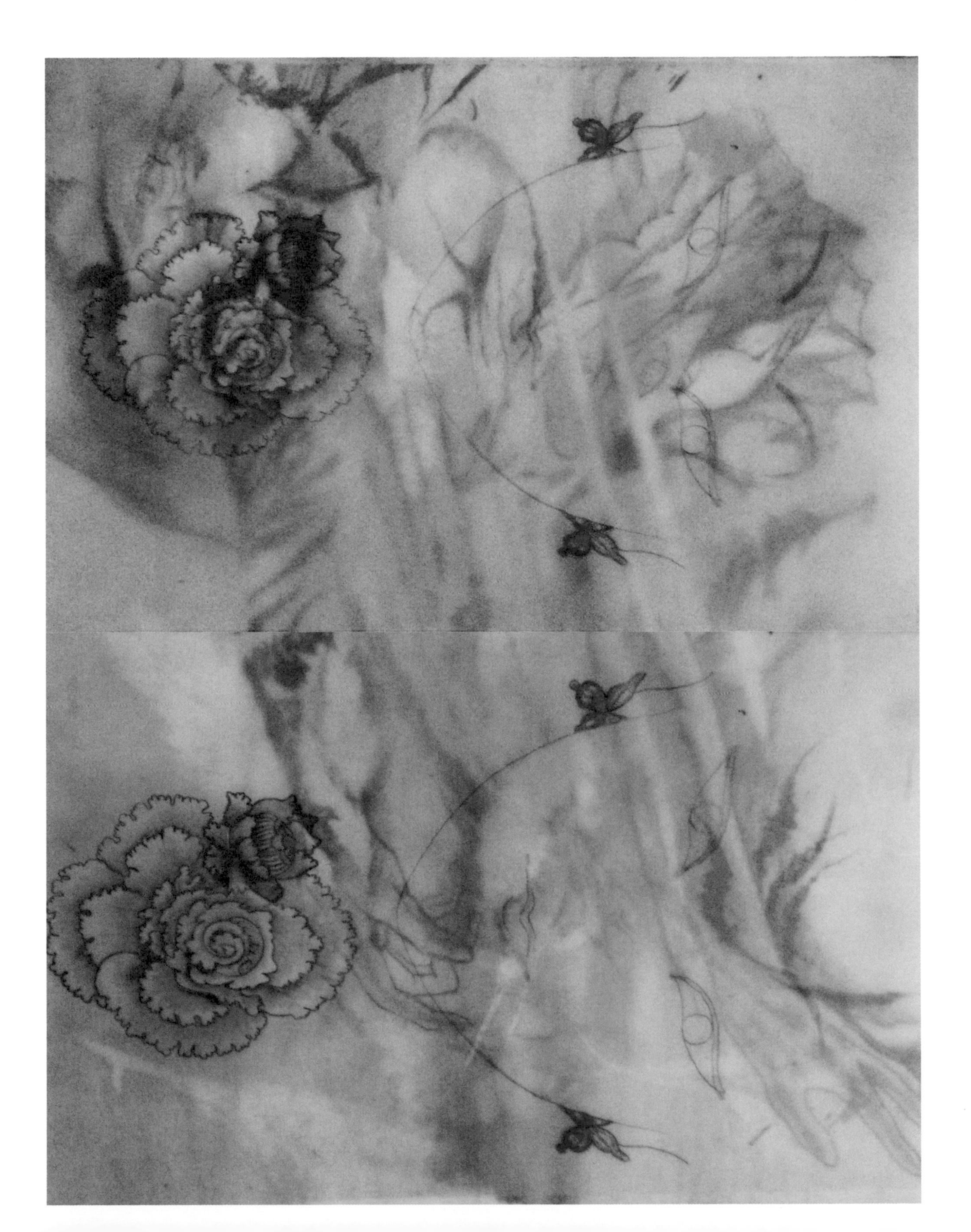

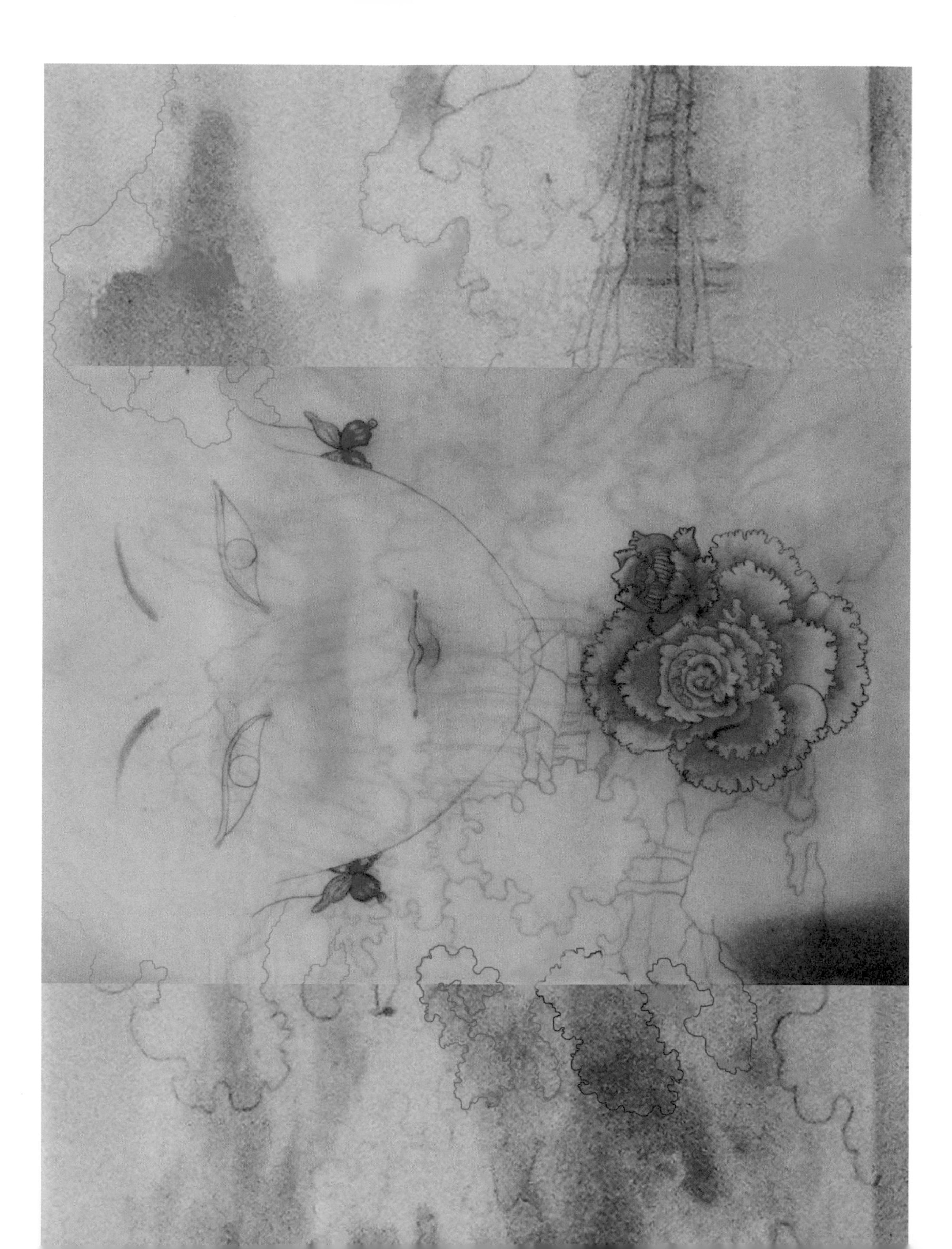

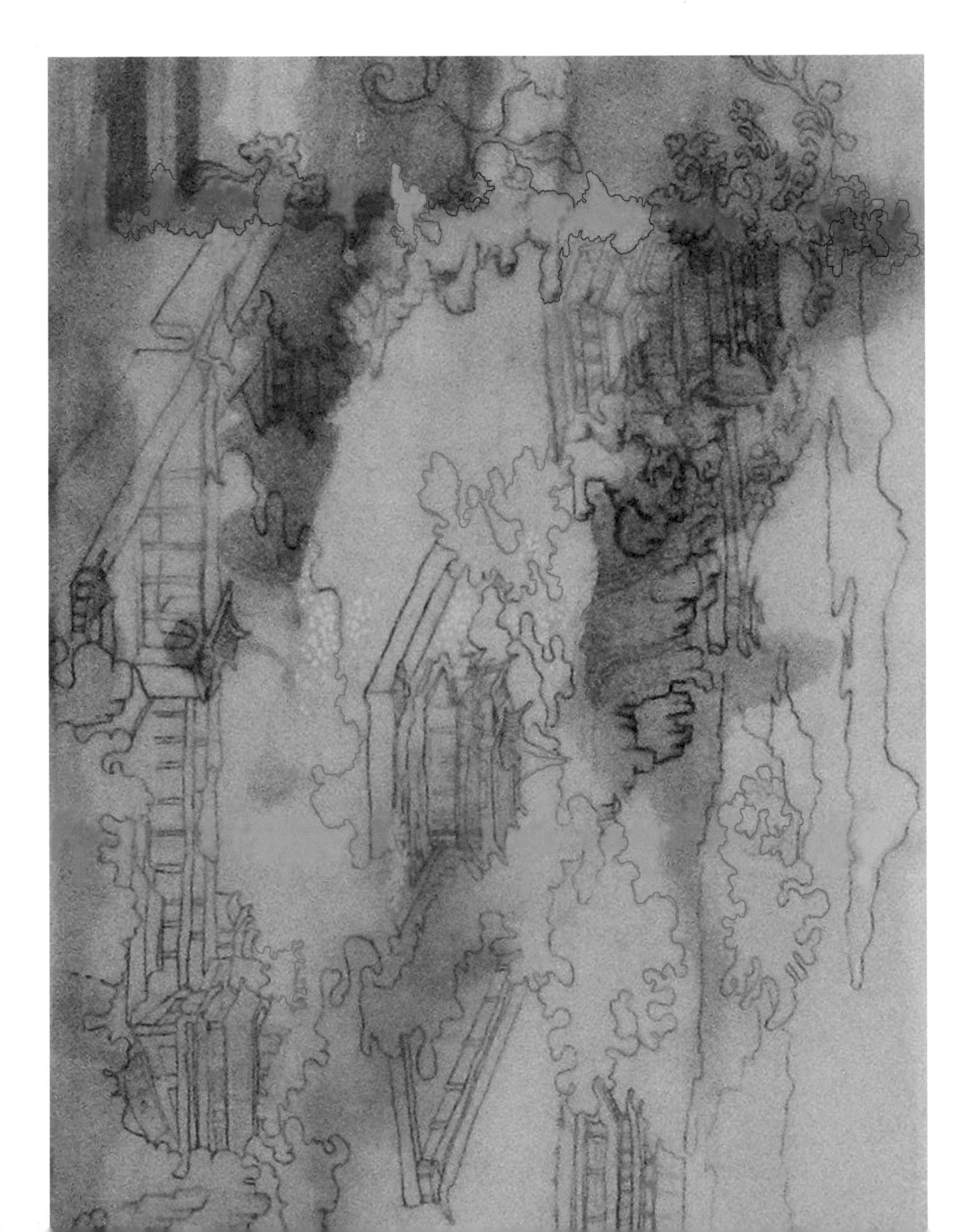

說書人：
公主與騎士回到了心的家

那兒有
一片籬舍
一淙山澗
和
一條忘川

他們晨起忘歸，夜寢忘倦
樂而忘憂
一飲川水而不知老之將至

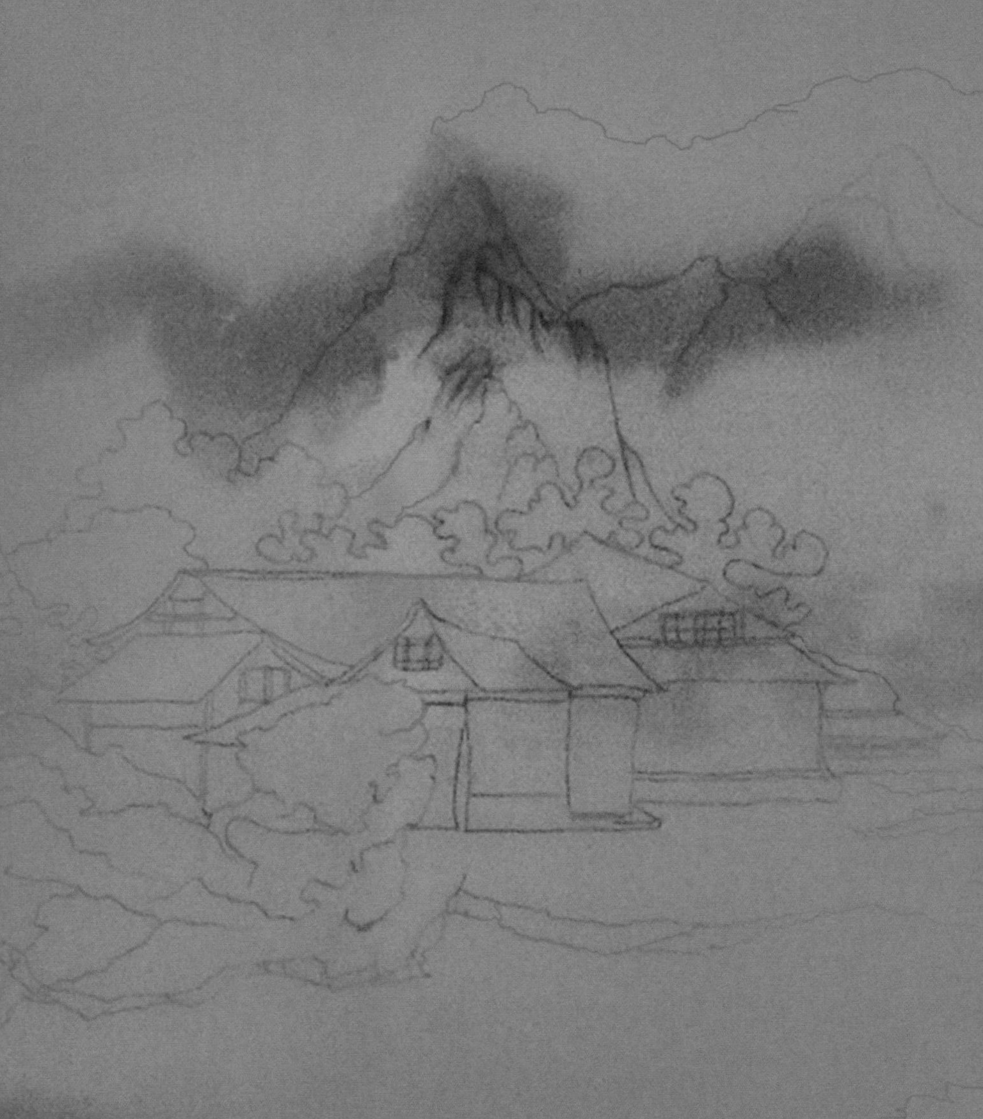

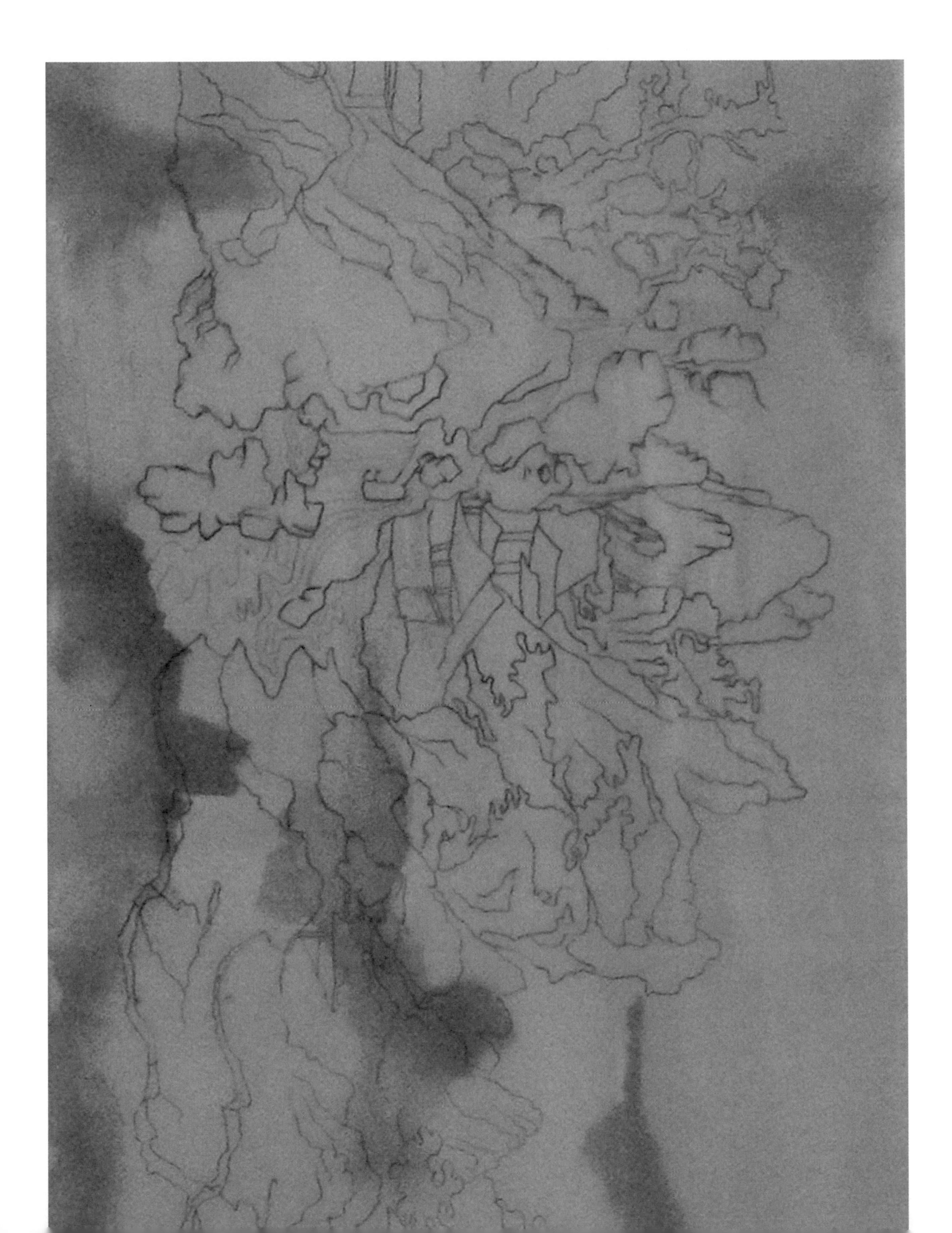

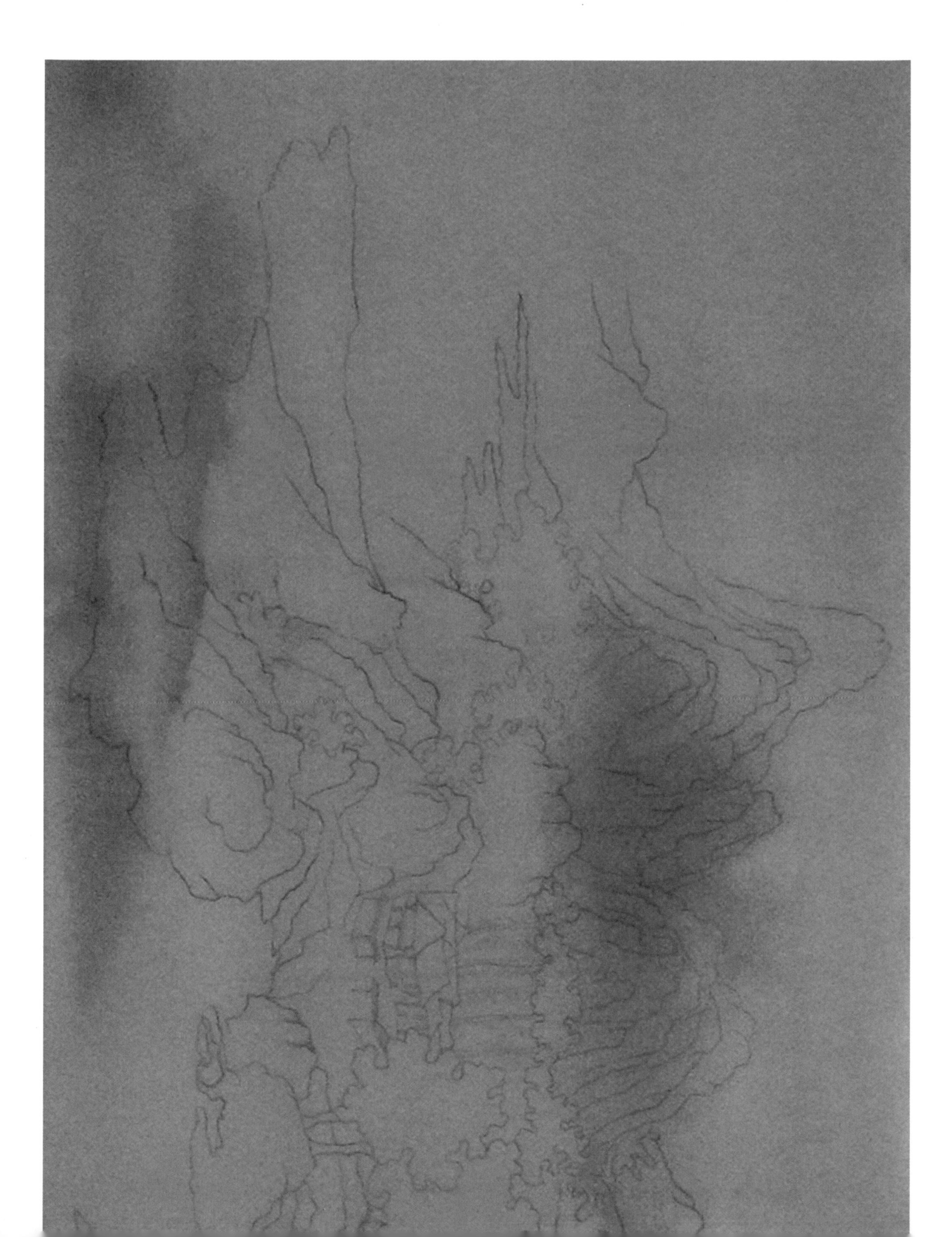

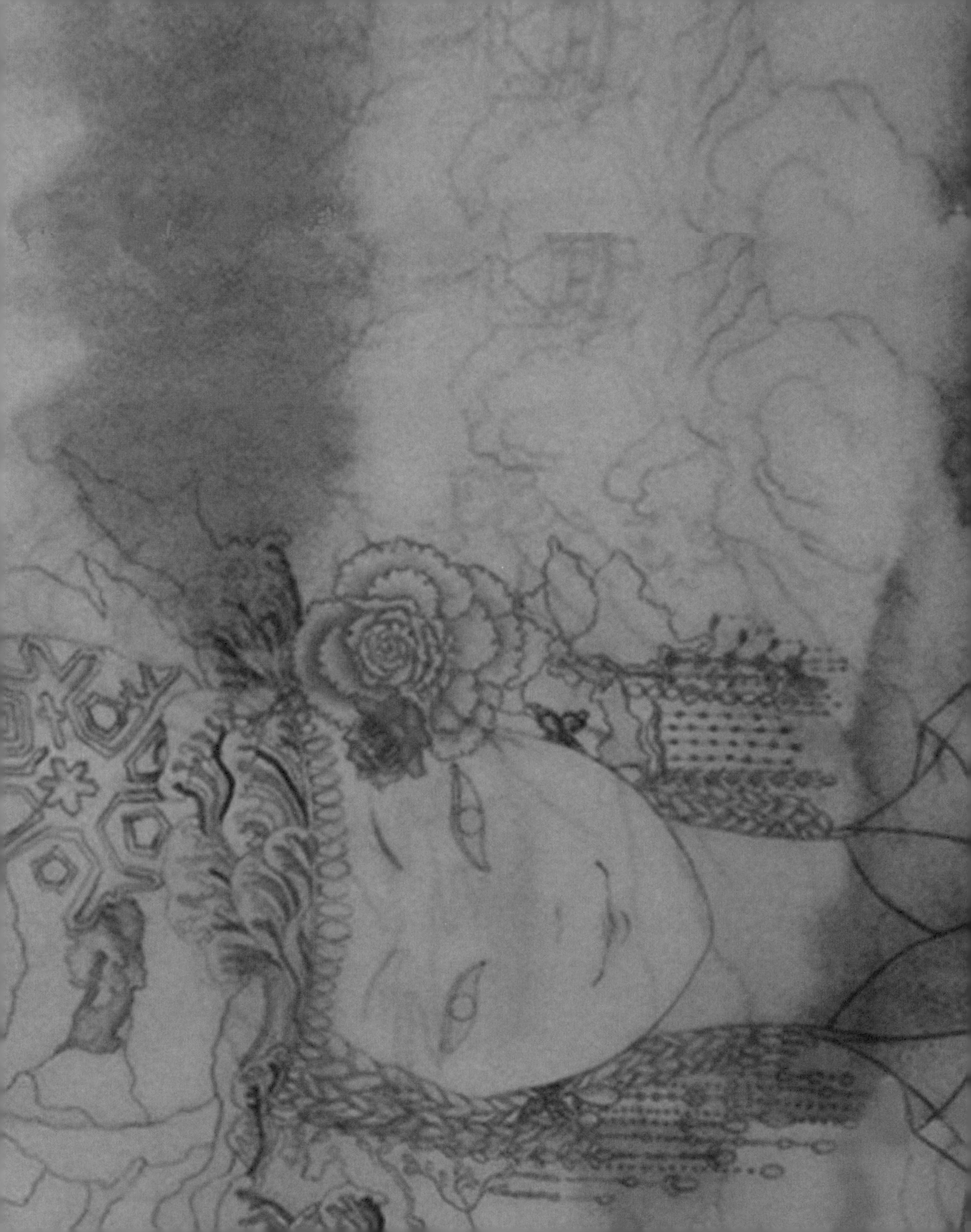

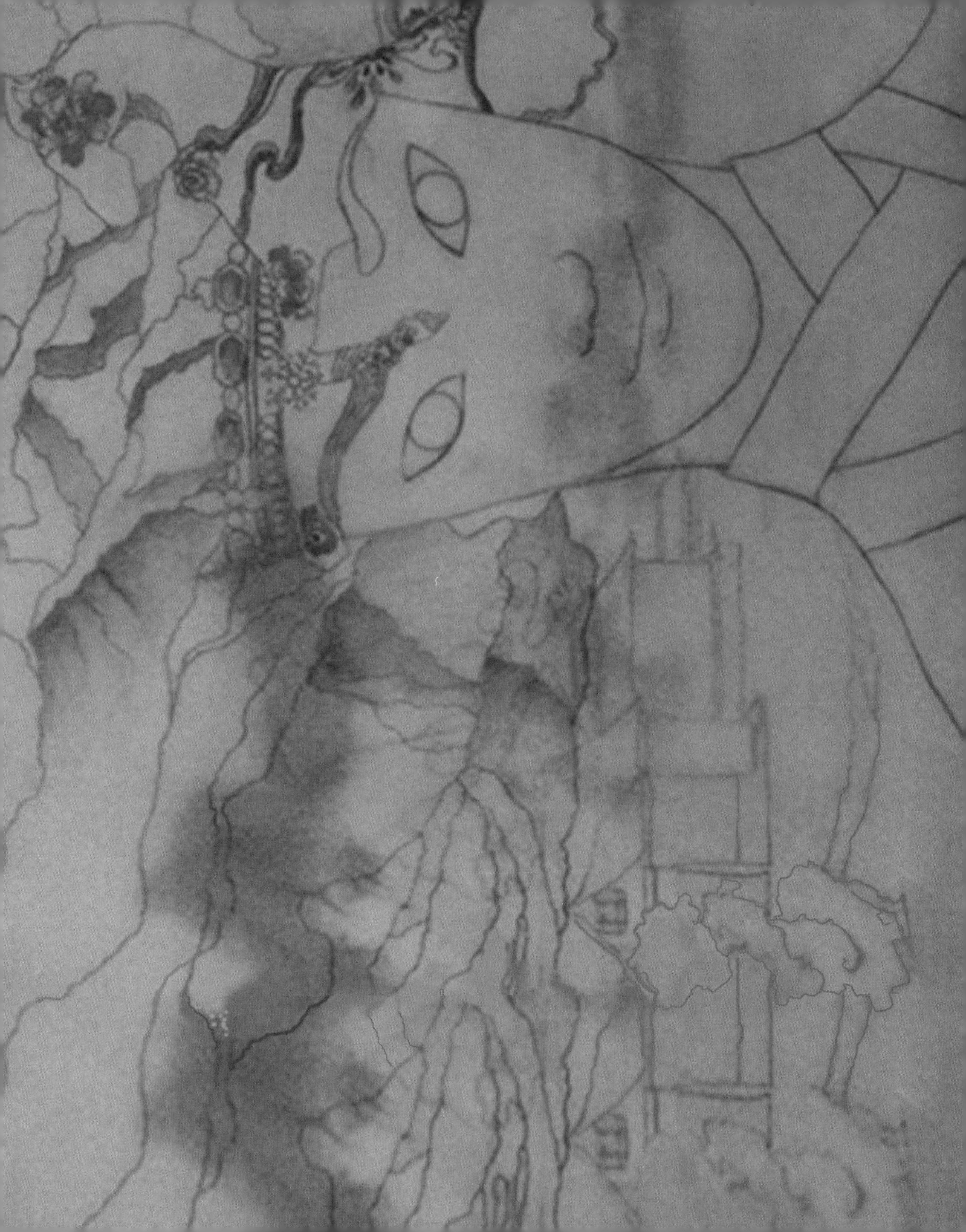

關於作者

曾筱光，畢業於加拿大ＵＢＣ劇場設計研究所。擔任十三月戲劇場團長
編導暨舞台設計作品包括：【梅迪亞】【妹個】【人間戀獄】【謝拉莎德/失語.黎明前夕】
【陳寶慧的一天】【三分四十八秒中場休息前】【密謀者】等
曾參與黃蝶南天舞踏團演出【惡之華】【祝告之器】擔任舞者
曾任教於東海大學，台北教育大學，大葉大學及種籽實小
創作涵括劇本，詩，散文，繪畫，舞台設計等

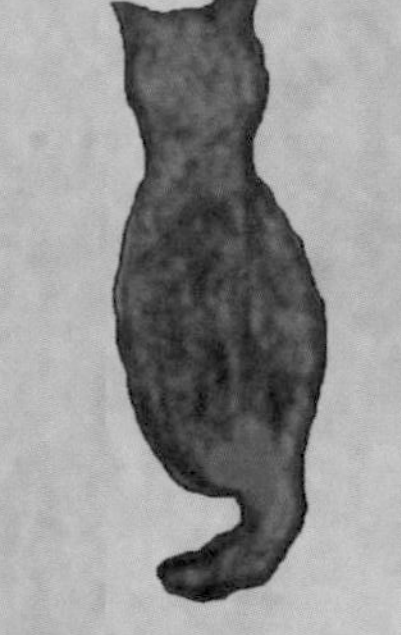

紙上劇場

【飛馬人】

圖文　曾筱光

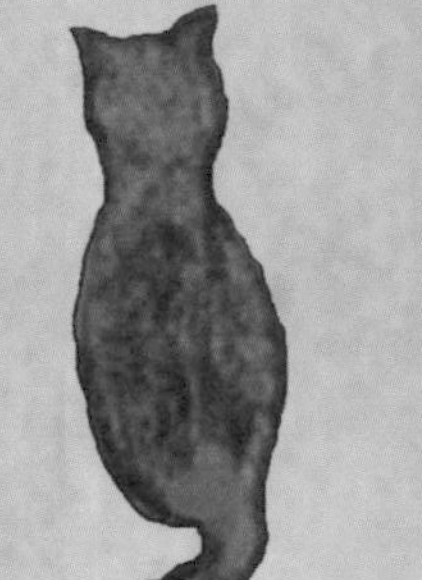